講談社文庫

# あなたは、誰かの大切な人

原田マハ



講談社

◉目次

〈カバー画〉

MARK ROTHKO

Sketch for “Mural No.1”, 1958, 266.7 × 304.8㎝

(Collection of Kawamura Memorial DIC Museum of Art)

あなたは、誰かの大切な人

# 最後の伝言

Save the Last Dance for Me

いつその日がやってきても、と心構えはできているつもりだった。が、いざその日がやってくると、ただもうあわただしいばかり。こんなふうに人は人を送るんだな、などと、ようやくふっと気を抜けたのは、斎場《さいじょう》のトイレの個室の中だった。

すがすがしい秋晴れの空のもと、母の告別式の日を迎えた。三日三晩、ほとんど眠る間もなく、目の下のクマを濃いめのファンデーションでどうにか隠した。妹の眞美《まみ》もおんなじような顔だったので、リキッドファンデを重ねづけして、クマを隠してやった。「お姉ちゃん、やさしいとこあるね」と、眞美もそのときようやく気を抜いたようだった。

私たち姉妹の母、平林《ひらばやし》トシ子、享年《きょうねん》七十三。十八歳のときに郷里の茨城《いばらき》から上京して、上野《うえの》の美容室で下働きを始める。二十八歳のとき、東京郊外の小さな町で美容室を開業。七十歳で持病の糖尿病を悪化させて店を畳《たた》むまで、美容師一筋、元祖ワーキングマザーとして、私と妹を育て上げてくれた。まことに真面目で、おおらかで、人付き合いもよく、たくさんの友を持ち、誰にも慕《した》われた。太陽のごとき母だった。

などと言えば、母子家庭で女手ひとつ、娘ふたりを育ててくれたように聞こえるかもしれない。けれど、私たちにはちゃんと、というか、いちおう父親がいた。さしてなんの才能もなければ、働く意欲も気力もない。まあ言ってみれば典型的な「髪結《かみゆ》いの亭主」的父親が。

母よりひとつ年下の父、平林三郎《さぶろう》、通称サブちゃん。告別式の日だというのに、どこへやら姿をくらませたままだった。まったく、七十過ぎても人騒がせなところだけは全然変わらない。

「お姉ちゃん、やっぱりもうしょうがないよ。告別式始まっちゃうのに、お父さん、まだ帰ってこないんだから。喪主はお姉ちゃんってことでいくしかないんじゃないの」

斎場の遺族控え室に、そろそろお時間です、と葬儀社の係の人が声をかけにきたのを潮《しお》に、眞美が、もうがまんならない、という調子で私に言った。私は、大きく肩で息をついた。まだあきらめきれなかったのだ。

「どうなさいますか。喪主は変更ということで、よろしいんでしょうか」

葬儀社の担当係長、横山円香《よこやままどか》さんが私の耳もとで囁《ささや》いた。なんでも、告別式に喪主が現われないというのは、前代未聞のことらしい。私はもう一度肩で息をついたが、

「もう少しだけ待ってください」と保留した。

あと五分待って、父が現われなかったら――そのときはもう、仕方ない。

「まったく義兄《にい》さんたら、どこ行っちゃったのよ。ねえ栄美《えみ》ちゃん、あんたどっかアテはないの？　お父さんの行きそうなところ」

告別式の会場に向かう廊下で、母の妹、たつ子叔母さんがいらいらしながら私に囁く。たつ子叔母さんの夫の芳信《よしのぶ》叔父さんも、ぼそぼそと言う。

「しかしなあ。いくらフーテンが身上だっつっても、こんな日くらい帰ってきたっていいものを。これじゃ、義姉《ねえ》さんが浮かばれないじゃないか」

「ほんとにそうよ。ねえ栄美ちゃん、娘のあんたにゃ言いたかなかったけどさ。あの人、姉さんと結婚してこのかた、働きもしないで遊んでばっかりだったでしょ。銀座《ぎんざ》だ新橋《しんばし》だ、遊びに行っちゃあ、水商売の女やらレストランのウェイトレスやらにちょっかい出して……この期《ご》に及んで行方不明だなんて、どんだけ姉さんを悲しませれば気が済むんだろ」

「まったくだ」と、芳信叔父さんが両腕を組んでうなずく。「まったく、ほんとに、うらやまし……」

「って何言ってんだい、あんたは！」たちまち、叔母さんの手のひらがぺちんと叔父さんのハゲ頭を叩《たた》いた。あたっ、と叔父さんが亀のように首をすっこめる。

「そりゃ義兄さんは色男で、たいそうモテたわよ。あたしだって、そこんとこは認めるよ。姉さんがあの人と付き合い始めた頃、『すっごくいい人めっけたのよ！』って、あたしにさんざん自慢してたわよ。石原裕次郎《いしはらゆうじろう》も加山雄三《かやまゆうぞう》もまっ青《つあお》ないい男だってさ。そりゃもう、うらやましいのなんのって。あたしにはこんなちんちくりんで若ハゲの亭主、姉さんには映画俳優並みの色男。あたしがどんだけくやしかったか……」

「ちょっ……なっ、なんだお前!?」と、叔父さんがハゲ頭を右手で押さえたまま大声を出した。

「若ハゲって……お前そんなふうにおれのこと思ってたのか!? あっ……お前ひょっとして、義兄さんに気があったんじゃ……」

「ふん、それがどうした」と、叔母さんがすっかり開き直って返す。

「あたしばっかじゃないよ。あんたの妹の八千代《やちよ》ちゃんも、姉さんのお店の常連さんも、みぃんな義兄さんに気があったんだ。イケメンにクラッときて何が悪いのさ、このタコ」

「んだとぉ、このおかめが！　お前のその言葉を聞いたら、義姉さんびっくらこいて生き返るぞッ！」

告別式会場へと続く廊下で、夫婦喧嘩《げんか》勃発。私と妹の眞美は、叔父さん叔母さん、それぞれの腕を引っ張って、なんとか最終戦争になるのをとどめた。

それも、これも、あれも、全部——色男な以外はまったく能無しの、父のせいなのだった。

母が父と結婚したのは、かれこれ四十三年まえ。母いわく、「もうちょっとで枯《か》れかけてた」三十歳のときのことだ。いまどきの三十代女性が「アラサー」とか「三十女子」とか言って華やいでいるのがSFに思われるくらい、その頃の母は嫁《い》き遅れのおばさん予備軍だった。死ぬまで美容師をやっていくつもりで、亭主の稼ぎを当てにしなくてもいい身だったから、郷里の両親の心配をよそに、一生独身でもいい、と二十代の頃は思っていたらしい。

実は、母は自分の容姿にかなり自信がなかったそうだ。がりがりに痩《や》せていて、胸もお尻もそれは貧相で、二十代なのにおばあさんみたい。平べったい顔、ごりっと飛び出た頬骨、でっかい口。どことなく男っぽい顔つきなのを気にしていたが、だからこそ、女性を美しく変身させる美容師に憧れた。

美容室に見習いに入ったのを機に、おダンゴに結い上げていた髪を切り、さっぱりとショートカットにして、それがトレードマークになった。「珍しく若いおニイちゃんが美容院に入ったな、と思って、よく見たら女の子だった」と、当時から母を知る古い客から聞いたことがある。いまなら「ハンサムウーマン」とか「ボーイッシュ」とか言いようもあるだろうけど、当時は「オトコオンナのトッコ」とか「おトッコ」なんて心ないあだ名をつけられたりもしたという。

そんな容姿をよほど気にしていたのだろう、母の若い頃の写真は一枚も残っていない。母の写真で残っているのは、父と一緒に写っている、それはそれは幸せそうな笑顔の「恋するトッコ」ばかりだ。

母は父と出会って、なんとたったの三ヵ月で結婚してしまった。なんでも、父が心変わりするまえに、と自分から迫ったらしい。一生あんたを養ってあげるから、あたしについておいでなさい、と。成人になってから両親のなれそめを聞かされた私と眞美は、それ逆でしょ⁉　とすぐさまツッコミを入れてしまった。

「でもねえ、ナンパしてきたのはあっちなのよ。『僕ら、以前どこかでお会いしませんでしたか？』ってねえ」

私たちの鬼のツッコミもものともせずに、うっとりした表情で母が語った。サムすぎる父のナンパのセリフ。昭和四十二年、春まだ浅い三月、数寄屋橋《すきやばし》交差点での出来事だった。

勉強熱心だった母は、休みの日には電車を乗り継ぎ銀座や日比谷《ひびや》へ出かけては、若者たちのファッションやヘアスタイルを眺《なが》め、デパートのショウウインドウをのぞいて、最新の流行を肌身で感じようと努力したそうだ。もっとも、東京郊外の田舎《いなか》町の奥さん連中を相手に商売するのに、銀座のファッションウォッチが役に立ったとは思えない。ほんとうのところは、東京の片隅でほそぼそと女ひとり、仕事だけに向かい合って生きているのがさびしかったのかもしれない。華やいだ街角に立って、少しでもさびしさを紛《まぎ》らわそうとしていたのが、都心へ出かけるほんとうの理由だったんじゃないだろうか。

そんなさびしい三十路《みそじ》の独身女が、数寄屋橋あたりでちょっとは名の知られた「ナンパ師のサブちゃん」に引っかかり、人生を捧げてしまったのだ。

父のそれまでの人生はというと、実は私たち家族は誰もよく知らない。郷里は広島で、戦災孤児になって、流れ流れて東京へ出てきたとか。どこまでが本当でどこまでが嘘《うそ》か、証明してくれる人も持ち物もなんにもないから、父の言うままに母は信じるしかなかった。

けれど、父が馬鹿正直な人だったのは間違いない。いや、相当な自信家というべきか。「おれは女のヒモ以外で暮らしたことはない」と、出会ったばかりの母にすぐに告げたというのだから。

いまの三十代女子なら、そんな男と付き合えば即刻「だめんず」のレッテルを貼られるだろうが、驚いたことに、母は父を諭《さと》したのだった。

「そのままじゃだめ。あたしと一緒になって、人生をやり直してちょうだい」

「三歳のときから『髪結いの亭主』になるのが夢だった」らしい父は、母の申し出をあっさりと受け入れた。

母は父と結婚後、どうにか早く子宝に恵まれたいと思いつつ、なかなかそうはいかなかった。待望の第一子、つまり私が生まれたのは、母が三十五歳のときだった。当時はすでに「おばさん」と呼ばれる年齢の初産《ういざん》で、しかも臨月まで立ち仕事をしていて、どうなることかと思われたようだが、案外するりと私はこの世に生まれ出て、元気いっぱいに産声《うぶごえ》を上げたそうだ。母は店に乳飲み子の私を連れて出勤した。大変だったに違いないが、性懲《しようこ》りもなく、三年後に妹を産んだ。私を保育所に預け、妹を連れて出勤して、もっと大変だったに違いない。

「でもねえ、ちっとも弱音は吐かないの。それがトッコちゃんの最っ高にいいところ」

ご近所の常連さん、「蕎麦屋《そば》増田《ますだ》」のおばさんが、当時をなつかしんで言う。

「トッコちゃんの元気のいい顔と、あんたや眞美ちゃんのあどけない顔が見たくってねえ……パーマかけるつもりもないのに、通ったもんだわ。あんたのお母さんの店に」

と言いつつ、ほんとうは「もうひとりの顔」を見たくて、増田のおばさんは母の店に通っていたのだ。増田のおばさんばかりじゃない。パン屋の吉川《よしかわ》さんも、純喫茶「あけぼの」のママも、角のタバコ屋のおばあちゃんも……ご近所のおばさんたちは、みんな、母の店にいそいそとやってきた。母や私や妹の顔を見に、だけじゃない。サブちゃんが——つまり、父が来ていないか、確かめにくるのだ。

「まあ、いまでいうイケメンの走りよねえ」と、ため息まじりに「あけぼの」のママが言う。

「サブちゃんが町中を歩いてりゃ、二百メートル向こうからだってわかったわあ。だってさあ、みーんな振り向くのよ。白いジャケットに赤いポケットチーフでしょ、それからソフト帽を、こう、斜めにかぶってさ。もう、格好いいのなんのって」

「『おれはしがない髪結いの亭主ですから』とか言っちゃって。それでまた、胸がきゅううっとなっちゃうんだよねえ」と、ほわんと宙をみつめながら、パン屋の吉川さんが思い出語りになる。

「『一度、銀座の「銀巴里《ぎんパリ》」にシャンソン聴きにいきませんか』なあんて誘うのよね。あたしだけじゃなくって、会う人みんなにそう言ってたって知ったときはショックだったけど。でもま、誘っておきつつ結局誰ともデートしない、ってとこも平等だったわけよね」

「そうそう。『今月は小遣い少ないんだ』とか言ってね。結局、トッコちゃんが目を光らせてるんだなあ、って。サブちゃん独り占めのトッコちゃんが憎いのなんの」

「憎いニクい。あの色男とのあいだに、こんな立派な跡取り娘をこさえちゃって」

「そうよトッコちゃん、あんた、ほんと幸せ者よ」

ご近所のおばさん軍団が集まって、にぎやかに思い出を語り合う。私は、おばさんたちの父を巡るぶっちゃけ話に冷や汗をかいてしまった。

何しろ、この会話はすべて母本人の前で開陳《かいちん》されていたのだから。――入院中の母の病室で。

母はといえば、始終にこにこと、ほんとうに楽しそうに、おばさんたちの思い出話に耳を傾けていた。色のない顔はすっかりやつれて、悲しいくらいおばあさん顔になっている。長らく美容師を続けてきた母は、いつもしゃっきりとメイクをして、六十を過ぎてからは、ベリーショートで金髪に近い茶髪にしていた。確かに美人ではないかもしれないけれど、生活力があって自立している女である母は、娘の目にはかなりカッコよく映っていた。入院してこのかた、いつまでもカッコいい女性であったはずの母が、なんだかすっかりおばあさんぽくなってしまったのが、私には何よりさびしかった。

ご近所のおばさんたちは、母の胸中を知ってか知らずか、長いことためこんでいた元祖イケメン・サブちゃんへの淡い思いの一切合切を全部吐き出して、すっきりして帰っていった。

糖尿病が重くなり、腎《じん》不全が悪化して、長い時間透析を受けなければならず、母は半年まえから入院を余儀なくされていた。私には外せない仕事があったが、休みの日と出勤まえには立ち寄れるように、都心の病院を入院先に選んだ。私が病院に行けない時間帯は、主婦でパート勤めをしている妹の眞美に来てもらえるように、姉妹でがっちりローテーションを組みもした。

母と同様、十八歳で美容師の道に入った私は、三年まえに都心に自分の店を構え、高い賃料をどうにかやりくりして、常連客も少しずつ増えつつあった。ちょうど母が自分の店を畳むのと同時に私が店をオープンしたので、母はそれでずいぶん安心していた。

眞美が早々に家庭を持ったのとはうらはらに、長女の私がなかなか結婚せずに、有名な美容室チェーンのサラリーマン美容師として仕事をするのを、まるで「昔の自分を見ているようだ」と、ずいぶん心配していたのだ。会うたびに「あんた、彼氏いないの?」と訊《き》かれたものだが、私が自分の店を持ってからは、その質問はいつしか母の口に上らなくなっていた。この子は自立してこのさきもひとりで生きていくつもりなんだろう、それはそれでいい、と納得したようだった。

「ねえ栄美、お願いがあるんだけど」

ご近所のおばさん軍団が引き上げた直後に、透析を受けながら、母が天井《てんじょう》をみつめたままで言った。枕もとの椅子《いす》に座っていた私は、「うん、何?」と、少しだけ身構えて応えた。あのろくでなし（父のこと）連れてこい! などと息巻かれたらどうしよう。もちろん、その日もどこへやら、年とってからも放浪癖が直らない父の行方など知るはずもなかった。

「あたしにもしものことがあったら……うちの一階の仏間《ぶつま》の天袋《てんぶくろ》の、いちばん奥にあるみかん箱の中に、ワシントン靴《くつ》店の靴箱が入ってて、その中にとらやの最中《もなか》の箱があって、その中に山本海苔《のり》の缶が入ってるから、それを開けて……」

「ちょっ、ちょっちょっちょっ、ちょっと待って」私はあわてて、バッグからメモとペンを取り出した。

「え、なんて？　もう一回、言ってくれる？　居間の押し入れのリンゴ箱の？」

「ばぁか」と母は、くっくっとのどを鳴らして笑った。

「全然違うでしょ。仏間の天袋のみかん箱の……って、わざわざメモ取るのやめてくれない？　そんなの、あとで誰かがみつけたら、なんだこりゃ、って思うわよ」

「わかった」と私は、メモとペンをサイドテーブルの上に載せて、ベッドのほうへ身を乗り出した。

「何？　そこに何が入ってるの？」

「手紙」と母が、短く答えた。

「隣町の葬儀屋さん、『永訣堂《えいけつどう》』の係長、横山さん宛《あて》に」

どきっとした。

顔の広い母が、ご近所のあらゆる職種の人々と交流を持っていることは知っていた。けれど、「葬儀」の二文字、しかも具体的に葬儀社やそこの社員の名前が母の口から飛び出して、私は虚《きょ》を突かれた。

実はその日、担当医から、母の症状が「予断を許さない」と聞かされたばかりだった。「このさき合併症を起こしたら命にかかわる」と。まさか、と思ったが、母が突然、遺言めいたことを言い出したので、私はすっかり動揺してしまった。

「へえ」と、私はつとめて普通の声で応えた。「さすが、よく知ってるね。お客さん？」

「そう。あんたと同い年くらいの女の人なんだけど。成人式の着付けしてあげたときから、ずっとうちに来てくれてる地元の子よ。女だてらに出世してねえ、係長なの。トンでる女よ」

「トンでる葬儀屋さんかぁ」私は苦笑した。「で、その人に、なんの手紙？」

「秘密よ」ふふっと笑って、母が返す。

「あたしに何かあったら、横山さんに全部仕切ってもらうように、もう頼んであるから。あんたはその手紙を、忘れずに天袋から引っ張り出して、お葬式のまえの日に彼女に渡してくれればいいの。それだけよ」

そう言って、母は、ふっつりと目を閉じた。私は、背中がすうっと寒くなるのを感じた。ひとりっきり取り残されたような気がして、「お母さん」と呼びかけた。

「ねえお母さん、私や眞美には、その……手紙とか、ないの？」

母は、ほんの少し首を横に振った。そして、

「あんたたちは、立派に育ってくれた。それでじゅうぶん」

独り言のように、そう囁いた。

涙が、ふいにこみ上げてきてしまった。涙声になってしまうのをどうにかこらえて、訊いてみた。

「じゃあ、お父さんには？　手紙はないの？　……なんにも言うことないの？」

母は、ふうっと細いため息をつくと、

「ないに決まってるでしょ。あんなろくでなしに」

震える声が、細いのどの奥からかすかに聞こえてきた。私は、母の閉じたまぶたがこれっきり開かないんじゃないかと不安になった。それでいっそう、涙がこみ上げた。

ふと、母のまぶたがゆっくりと開いた。瞳《ひとみ》がいたずらっぽくくるりと動いて、私の

目を見た。私をみつめる母の目も、ほんのりうるんでいる。

「なあんてね。……なんだか遺言みたいになっちゃった。……大丈夫よ、あたしはまだまだ死にゃあしないから。なあに、あんた、その顔。今日にでもお母さんが死んじゃう、って顔してるじゃないの。まったくもう」

それからもう一度、まぶたを閉じた。その瞬間を待って、まなじりぎりぎりで止めていた涙を、私はようやくほろりとこぼした。

それからちょうど一週間後。母は、私と眞美に見守られ、眠るように天国へと旅立った。

人生の最期《さいご》に、母に「ろくでなし」と呼ばれた父は、とうとう母の病室には現われなかった。ほんとうに、正真正銘のろくでなしだった。

父がようやく私たちの前に姿を現わしたのは、お通夜《つや》の夜遅くのことだった。

母が危篤《きとく》に陥ったときからずっと、私と眞美は、代わるがわる、父の携帯にメールを送り続けた。お母さんがあぶない、一刻も早く帰ってきて、と。眞美は最後にはブチ切れて、「今日帰ってこなかったらこのさき一生うちの敷居《しきい》はまたぐな勘当だこのクソブタ親父《おやじ》」と句読点なしの相当コワいメールを送った。「最後通告だよ。ったくあのろくでなしが」と、目の前に父がいたらぶん殴りそうな勢いだった。母の一大事が眞美をすっかり変えてしまった。小さい頃は「お父さんのお嫁さんになる〜」と本気で言ってたくらい、かなりのお父さんっ子だったのに。

それでも、父は帰ってこなかった。メールの返信も、いっさい送ってこなかった。

よく考えてみたら、いままで見たこともないような私たちの怒りのメールに、かえって恐れをなしてしまったのかもしれなかった。

母の臨終後、じゅうぶんに悲しむ間もなくお通夜や告別式の準備が始まった。

「葬儀屋さん、ご希望の会社はありますか。なければ当院でご紹介しますが」

病院から訊かれ、はっと思い出した。

一週間まえの母との会話。隣町の葬儀社の、ナントカいう女係長に手紙を渡さなくちゃ。

そう聞かされた眞美は「何それ？」と眉根を寄せた。

「お姉ちゃんとかあたしとか、お父さんとかじゃなくて、葬儀屋さんの女係長に手紙？　あたしたちには、なんかないの？」

「ないよ」私はあっさりと、けれど母が言ったとおりに告げた。

「あたしたちは立派に育ってくれたから、それでじゅうぶんだってさ」

「ちょっとお姉ちゃん……それってもしかして」眞美の額に、さあっと影が降りてきた。

「その葬儀屋の女係長って……お父さんの彼女とかじゃないの？　お母さん、それに気づいてて、最後の女の闘いを挑んで……まさか、挑戦状⁉」

「ちょっ……落ち着いてよ眞美」と、私は、最近サスペンスドラマにハマり過ぎの妹の両腕をさすった。

「その女係長、私と同い年くらいだってお母さん言ってたし。いまどきのアラフォー女子が、あんな貧相なおっさんになびくわきゃないじゃん」

そう聞いて「あ。そりゃそうだ」と眞美は、即刻認めた。というくらい、最近の父は、かつてのナンパ師・サブちゃんの面影はどこにもないほど、寒々しい風貌に変わり果てていたのだ。

その父が、お通夜の訪問客が途切れた夜半近く、自宅の門前に、すっかり気配を消して立っていた。

最後まで一緒にいてくれた町内会長の東山《ひがしやま》さんを玄関先まで見送ったのだが、出ていったはずの東山さんが十秒で引き返してきた。そして、「ちょっと、栄美ちゃん」

と、幽霊にでも会ったかのように青い顔をして告げたのだった。

「ついに出てきたよっ。門の前に……サブちゃんが」

白い提灯《ちょうちん》の明かりにぼんやりと照らされて、父が、ふうっと立っていた。すっかり肩を落とし、ほうけたような顔つきで。ゴマシオのぼさぼさ髪、骸骨《がいこつ》みたいにこけた頬、無精髭《ぶしょうひげ》、ヤニだらけの歯。もう何年もまえに母に買ってもらって着続けているヨレた革ジャンパーに、安物のスニーカー。そのへんのベンチで横になってたら、ホームレスと間違われてしまうだろう。もっとも、この数年はなかなか自宅に帰ってこずに、公園のベンチで寝起きして、家があるくせにホームレスの真似事をしているんだ、本物のホームレスの人たちに申し訳ないよ、と母が嘆いていたっけ。

「遅いよ」と私は、父の顔をしばらくにらみつけてから言った。

「もう遅い。お母さん、逝《い》っちゃったよ」

父を責める自分の言葉が、突然、大きな岩のように、どすんと胸の中に落ちてきた。

ほんとうに、お母さんは逝ってしまったんだ。そして、この人は、その最期に間に合おうとしなかった。

逃げたんだ。お母さんに、最後の最後に「ろくでなし」と言われることから。

「……卑怯者《ひきょうもの》ッ」

自分でも思ってもみなかった言葉、ふつうなら一生言うこともなさそうな言葉が、口をついて出た。父は、くぼんだ目を皿のようにして私に見入っている。静まり返った深夜であることも忘れて、私は叫んだ。

「お父さんは卑怯者だよっ。いっつも、いっつも、お母さんから逃げて……自分の人生の全部を私たちにくれたお母さんから、どうしていっつも逃げてるのよッ！」

「あ、わ、わ、悪かった栄美、悪かった」と、父が情けない声でようやく応えた。

「帰ってこようと思ったんだよ。でも、絶対に帰ってくるなって、電話がかかってきて……」

「電話って、誰からよっ」

「お母さんだよ」父は、消え入りそうな声で言った。

「入院してるけど絶対来るな、退院したらこっちから電話するから、あたしから電話かかってくるまで待ってろ、って……」

「馬鹿じゃないの」と私は言い捨てた。

「お母さん、ほんとは来てほしいからそう言ってたんだよ。逆だってことが、なんでわかんなかったのよ」

「違う」と、初めて父が反論した。

「あいつは、そういうやつだったよ。……家にいるときも、おれよりさきに起きて、おれよりあとに寝て……ちゃんと化粧して、髪もセットしてから、おれに向き合ってくれた。だから……言われたんだよ。『化粧もしてない顔、あんたに見られたくない』って」

私は、一瞬で言葉に詰まってしまった。

父の言っていることは、ほんとうだった。物心のついた頃からずっと、私だって母の化粧をしていない顔を見たことがなかった。おしろいと、口紅と、ヘアスプレーの匂い。大人の女の匂いが、母の匂いだった。

病院で、化粧することもできなくなったとき、母は、自分から「女であること」を取り上げられたようで、さびしかったのだ。その顔を、決して父には見せたくなかったのだ。

私はふいに母の気持ちを理解したが、それでも父を許す気にはなれなかった。

地面に吸いこまれて消えてしまうんじゃないかと思えるくらい、ぼろぼろになった父の様子。それがいっそう、私を腹立たしくさせた。

「それでも帰ってくるのが、夫なんじゃないの。……父親なんじゃないの？」

父を責める言葉が、次々と口から溢《あふ》れ出して、もう止められなかった。そうしながらも、私は、父が私という「関所」を破って、家の中へ突進し、母の亡骸《なきがら》に取りすがってくれはしまいかと心のどこかで願っていた。

母は、父を待っている。死ぬ直前も、死んでからも、いまもなお、父がもう一度自分を抱きしめてくれるのを、待っているはずなのだ。

父は、かつて私たち姉妹にとって、憧れの人だった。母にとっては、いつまでも、夢の男だった。

父は、その昔、そんじょそこらの俳優も太刀打ちできないんじゃないかと思われるほど、正真正銘の美男子だった。そのくせ、C調で、情けなくて、放っておけない。どんな女性のハートも一瞬でさらってしまう。

そんな男の連れあいになることができて、母がどんなに得意だったか。おトッコと呼ばれようがだめんずといわれようが、どこ吹く風。だって、母にはこの人がどうしても必要だったのだから。この父がいたからこそ、母は、強く、凛々《りり》しく、たくましく生き抜くことができたのだ。

私もそう。眞美だってそうだ。私たちふたりの娘は、このとんでもない父を、内心、自慢に思っていたのだ。父と一緒に出かければ、女たちの見る目が違う。父兄参観にやってくれれば、お母さんたちの目つきが変わる。この人私のお父さんなのよ！　と、言いふらしたい気持ちになったことだってある。

若い頃の父は、私たちの前では、とことんやさしい父親だった。それが、たとえ演技だったとしても。ぶらぶら出かける後ろ姿。ケーキの箱を提げて帰ってきたときの笑顔。そのすべてが、まぶしかった。

父は、きっと、母にとってはいい夫ではなかっただろう。私たち姉妹にとってもいい父親ではなかっただろう。けれど、私たち三人にとって、「いい男」であり続けたのだ。

眞美が結婚し、私が独立して、母が亡くなるまでの十数年間、父と母のあいだにどんなことがあったのだろうか。母は黙して語らなかった。きっと、母にとっては、いいことよりも悪いことのほうが多かったに違いない。病気になってからは「あのろくでなし」とようやく小言を言うようにもなった。

それでも、母は、決して父をあきらめなかった――と、思う。

私と眞美は、老いさらばえた無能な父を、いつのまにかあきらめていたというのに。

父は、自分の家の門前で、娘に怒鳴られるまま、ただ小さく肩をすぼめていた。私は、言うだけ言ってしまってから、背後で玄関のドアを開けて眞美が私たちの様子をうかがっているのにようやく気づいた。私のあまりの剣幕に出てこられなかったのか、立ちすくんでじっと動かない。私は玄関のほうへ振り向いて、「出てきなよ眞美」と言った。

「あんたもこのろくでなしのクソブタ親父に、なんか言いたかったんじゃないの」

眞美は、じいっと父をみつめたまま、やっぱり動かない。それから、消え入るような声で言った。

「お父さん。……お母さんに、会ってあげて」

あんなおっかないメールを送りつけたくせに、父を目の前にすると、昔もいまも、とたんにしおらしくなってしまう妹だった。

父は、私と眞美とを代わるがわるみつめると、小さく首を横に振った。

「だめだ。……できない」

私は、耳を疑った。

「どうして？」

父の乾いた唇から、恐いんだ、と聞こえた気がした。

恐いんだ。

死んだトッコに会うのが、恐いんだ――。

どうしようもなく気弱な父を、もうこれ以上、見たくなかった。私は踵《きびす》を返して家の中へ入っていった。バタンと玄関のドアを閉めると、そのまま立ち尽くした。眞美も、その場に突っ立ったまま動かない。

私たち姉妹は、背中で待った。父がこのドアを開けて入ってくるのを。生前そのままに、美しく死化粧をした母の最期の顔を見るために。

ただいま、トッコ。

栄美、眞美。銀座の不二家《ふじや》で、いつものケーキ、買ってきたぞ。

けれど、いつまでたってもドアが開けられる気配がない。私と眞美は、ふたりして、ドアの隙間から、そうっと外をのぞいてみた。

夜風に白い提灯がゆらゆらと揺らめくばかりで、夜道にはもう人影はなかった。


告別式の会場で、葬儀社のスタッフから、遺族一同、式の段取りについてもう一度説明を受ける。

「お父さま……喪主さまは、結局、まだいらしてないんですね」

係長の横山さんが、再び耳打ちをしてきた。この期に及んでもなお、私は言い訳をした。

「母から聞いていらしたかどうかわかりませんが……その、父は若いときから放浪癖がある人で。お通夜には顔を見せたんですが……」

「そうですか」と言ったあとに、横山さんは、ぼそっとつぶやいた。「……困ったな」

「あの、何か、書いてあったんですか？」

そのつぶやきを耳にして、ここぞとばかりに私は訊いてみた。

「きのうお渡しした母からの手紙に、何か？」

「いえ……なんていうんでしょうか、故人さまから、ご主人さまへ、最後の伝言、とでもいいましょうか」

「最後の伝言？」私は、驚いて聞き返した。

「まさか、離婚届にハンコをついて託したり……とかですか？」

横山さんは、思わず吹き出しそうになった。斎場で葬儀のプロが笑いそうになるくらいだ、私が言ったことはさぞや荒唐無稽《こうとうむけい》だったのだろう。母から父への最後のメッセージと言えば、そのくらいしか想像できないんだからしょうがない。しかしさすがに母が見こんだだけのことはある、吹き出しかけたのをわずか二秒で立て直し、横山さんは真顔でもう一度尋ねてきた。

「どうされますか。まもなく告別式が始まりますが、喪主はご変更なさいますか」

私は、とうとう観念してうなずいた。

「喪主は、私が務めます」

結局、父不在のまま、粛々と告別式が始まった。

式には驚くほどの数の人々が駆けつけてくれた。ご近所の人々、常連客、昔の友人、寿司屋さん、花屋さん、お米屋さん、新聞配達の青年……生前、いかに母が多くの人々に愛され、慕われていたかをあらためて知り、胸を打たれた。自分が死ぬとき、こんなにも常連客や昔の友人が集まってくれるかな、との思いもよぎった。

こんなふうに多くの人たちに親しまれるように、あんたも仕事をしていきなさいよ。これこそが母と同じ道を歩む私への最後の伝言なんだ、と悟った。

それにしても、気になる。横山さんに託された、母から父への最後の伝言、とやら。いったい、なんだったんだろうか。

「それでは、ご出棺の前に、ご遺族の皆さまがた、ご友人の皆さまがたで、故人さまに最後のお別れをしていただきたくお願い申し上げます。故人さまがお好きだったお花をお手向《たむ》けになり、どうかお送りくださいますように」

斎場内に、横山さんの声で、しめやかにアナウンスが流れた。私たちは手に手に花を持ち、母が横たわる棺《ひつぎ》へと歩み寄った。眞美と私は、きのう一晩、母に寄り添い、何度も何度もその死顔をみつめ、涙した。けれどこうして、別れを惜しむ人たちが手向けた花々に埋め尽くされた母の顔は、恐いくらいに美しかった。

お母さん。

私は、うっすらと紅をさした母の頬の横に白いスイートピーを添えて、涙をこらえた。ここから先は、喪主として、もう決して泣かない。心の中で母に誓った。

いよいよ棺に蓋をする。そうすればもう、母には会えない。胸がいっぱいになり、涙腺が決壊寸前になった、そのとき。

ばたん、と派手に斎場のドアが開く音がした。母の棺をのぞきこんでいた顔が、いっせいに出入り口のほうを向く。

肩で息をして、そこに立っていたのは、父だった。

「……お父さ……」

私が声を上げるのよりわずかに早く、「トッコおおお!」と父の雄叫《おたけ》びが会場にこだました。そのまま、うおおおお、と叫びながら、父は弾丸のように棺に向かって突進してきた。

MC《司会》の横山さんが、文字通りぎょっとしている。うひゃあ、と町内会長で葬儀委員長の東山さんが思わず叫んだ。

「すごいよ、トッコちゃん！　とうとう、サブちゃんを呼び戻しちゃったよ！」

トッコ、トッコ、トッコ！　父は、母の名前を何度も呼んだ。おいおい泣いて、男泣きに泣いて、母の棺にすがった。

色男で、スマートで、そんじょそこらの映画俳優顔負けの父は、どこにもいなかった。

母がいなければ何もできない、どこへも行けない、馬鹿な男。けれど、世界中の誰よりも母を愛した男が、そこにいた。

あたしねえ、栄美。いまだから、あんたに言っとくけどね。

お父さんと離婚しようと思ったのよ。しょっちゅう、なんべんも、数えきれないくらい。

あんたも知っての通り、あの人、そりゃあもう、女の人にモテたでしょ？

浮気だって、一度や二度じゃなかった。知らない女の人が、刃物を持って店に飛びこんできたこともあったのよ。「別れてください、さもなきゃご主人を殺して私も死にます」なんて、物騒な手紙なんかもきたりして。

怒らなかったのか、って？　そりゃ怒ったよ。恨んで悔《く》やんで、泣き叫んだりもしたの。でも、あんたや眞美やお客さんの前では、絶対にそんなあたしを見せたくなかった。だからいつも、店が終わってから、わざわざお父さんを銀座や新橋まで迎えにいって、「和光《わこう》」のショウウインドウの前や、「ライオン」の片隅で、大声で泣いたり、ののしったり。別れてやるッ、死んじまえ、って、ポカスカ、お父さんを殴ったりもしたわ。

でもねえ、そのたんびに、お父さんが言うの。トッコ、お前がいないとおれは生きていけないんだ。おれのおまんまを誰が食べさせてくれるんだい？　って。

そう言われると、ああそうだ、この人と、栄美と眞美と、あたしは三人食べさせていかなくちゃいけないんだ、何をあたしはくよくよしてるんだろう、って、すぐに思い直しちゃうの。

馬鹿だよねえ、あたし。あんなにモテる男なんだから、あの人を食わせてくれる女は、ほかにいくらだっているだろうに。あたしがしっかりしなくっちゃ、って、いつのまにか思わされちゃうんだよね。

でもね。一回だけ、今度こそもうだめだ、っていうような出来事があったの。

あれは、あんたが五歳くらいのときだったかな。やっぱり知らない女の人が、赤ちゃんを抱いて、店にやってきたのよ。

あなたのご主人の子供です、って言ってね。離婚するか、慰謝料をください。さもなければ裁判所に訴えます、って。ほんとか嘘かなんて、判断もつきゃしない。もうだめだ、がまんの限界だ、って思った。

とうとう堪忍袋《かんにんぶくろ》の緒《お》が切れた。役所に離婚届を取りにいって、自分の名前を書いてハンコを捺《お》して、その日も銀座に出かけてたあの人を待ち伏せして……数寄屋橋の「不二家」の前で、あの人の鼻先に離婚届を突きつけてやったの。あの人、じいっと紙切れの文字をみつめて、それから、「行こう」って、日比谷のほうへ向かって歩き出したわ。

行くって、どこへ？

いいから、ついてこい。

何言ってんの、離婚するってあたしは言ってんのよ。あんたとなんか、もうどこへも行かないわ。

ならいいよ。ひとりで行くから。

人ごみの中にどんどん小さくなるあの人の後ろ姿。見えなくなるぎりぎりまでみつめてた。あの人、一度も振り向かなかった。もう、憎ったらしいったら。

どうしたかって？　追いかけたわよ、当たり前でしょ。

あの人は、日劇《にちげき》の入り口で、あたしが追いつくのを待っていた。それで、どういうわけだか、ちゃんと二枚入場券を持ってたのかもしれない。いま思えば、あたしじゃなくて、ほかの誰かと行くつもりで券を持ってたのかもしれない。でもとにかく、あの人とあたしは、劇場のシートに並んで座ったの。それでね、目の前の大舞台で始まったのよ。越路吹雪《こしじふぶき》のリサイタルが。

あんた知ってる？　越路吹雪、コーちゃん。宝塚の男役で、そのあと歌手になったのよ。そりゃもう格好よかった。とろけるような愛の歌を歌って、大人気だったの。「愛の讃歌」とか「ろくでなし」とかね。

あたし、彼女の歌が大好きだったけど、あんまり仕事に一生懸命で、あんたたちを養うことばっかり考えて。リサイタルに行くだなんて、そういえば考えたこともなかったわ。

あとにもさきにも、リサイタルに行ったのは、あの一回だけ。だからこそ、いままでも、目を閉じればありありと思い出せるくらい。全部、覚えてる。

でもね。ほんとうは、お父さんに言われた言葉が、あのリサイタルを忘れられないものにしたんだわ。

コーちゃんの歌声に、あたしがすっかり引きこまれているときだった。あの人、あたしの耳もとに口をくっつけて、こう言ったの。

おれ、昔っから、コーちゃんが好きだった。

トッコと結婚したのも、お前がよく似てたからなんだよ、コーちゃんに。

でもいまは、トッコのほうがいいな。コーちゃんよりも、ずっと。

それで、離婚届はどうしたかって？

当然、捨てたわよ。フフフ。びりびり破って、数寄屋橋交差点で、風の中にばらまいちゃった。

ねえ栄美。こうしてみると、けっこう、悪くないかもよ。結婚ってのは。

かわいいもんよ。……男ってやつは。

父の乱入により、出棺の時間が大幅に遅れてしまった。

花に埋め尽くされた母のやすらかな顔は、棺の闇の中へと、父も含めた遺族の手によって封印された。

「それでは、これより、ご出棺です。ご参列の皆さまがた、どうかお見送りくださいませ」

横山さんのしめやかな声が、再び会場に響き渡る。父が位牌《いはい》を両手で持ち、私は遺影をしっかりと胸に抱いた。私の隣りに、口にハンカチを押し当てて、眞美が寄り添う。私たち父娘《おやこ》は、生まれて初めて、三人一緒に並んで立った。

別れのときを迎えて、もちろん、悲しかった。けれど、不思議に満たされた気持ちで、私は前を向いた。

と、次の瞬間。

斎場内に、テンポよく音楽が流れ始めた。何かの歌の、イントロのような。

私と眞美は、びっくりして、顔を見合わせた。うなだれていた父が、ゆっくりと、泣きはらした目を上げる。すがすがしく明るい歌声が、斎場内に響き渡る。

あなたの好きな人と踊ってらしていいわ
やさしい微笑みもその方におあげなさい
けれども私がここにいることだけ　どうぞ忘れないで
あなたに夢中なの　いつかふたりで

誰も来ない処《ところ》へ　旅に出るのよ

どうぞ踊ってらっしゃい　私ここで待ってるわ
だけど送ってほしいと頼まれたら断ってね
いつでも私がここにいることだけ　どうぞ忘れないで

「コーちゃん……」

かすれた声で、父がつぶやく。新しい涙が、父のくぼんだ目をみるみる満たした。そのとき、ようやく私は気がついた。その瞬間に、どうにか止めていたはずの涙が、あたたかく頬を流れ落ちるのを感じた。

これだったんだ。母から父への、最後の伝言は。

きっと私のため残しておいてね　最後の踊りだけは
胸に抱かれて踊る　ラストダンス
忘れないで

# 月夜のアボカド

A Gift from Ester's Kitchen

私には、ふたり、年上の女友だちがいる。

ひとりは六十九歳、もうひとりは七十九歳。私は、いま三十九歳だから、人生の先輩とか、「もうふたり」のお母さんとか、そう呼んだほうがいいのかもしれない。けれども、私は、彼女たちを、友だちと呼んでいる。

アマンダ・コーネル、六十九歳。ロサンゼルス郡立美術館《LACMA》に二十年間勤務。やり手の展覧会ディレクターとして、ＬＡＣＭＡ《ラクマ》で企画した展覧会《エキジビション》を世界各国の美術館に売り込み、大規模な巡回展を仕掛けてきた。展覧会の企画をする学芸員とは違う立場ながら、美術館にとっては重要な役割だ。大規模な展覧会を組織するには、莫大な経費がかかる。世界中の美術館を巡回させることによって、経費をシェアし、ＬＡＣＭＡの知名度を上げるのが、彼女のミッションだ。

上海《シャンハイ》生まれのアマンダは、日系三世で、十代の頃、日本に住んでいた。だから流《りゅう》暢《ちょう》な日本語を話す。ゆえに、折りに触れて来日しては、日本の美術館にＬＡＣＭＡの展覧会を巡回させようと尽力していた。実際、いくつかの展覧会を送り込むことに成功している。私は、日本側のカウンターパートとして、その仕事を手伝った。それが縁で、私たちはずっと繋がり続けている。ビジネス上の付き合いというよりも、アマンダはもはや私の友だちだった。

フリーランスのアートコーディネイターという、楽しくて仕方がないけれど同じくらい不安定な仕事を続けていられるのも、アマンダのように、仕事ができるばかりでなく心やさしい友人がいたからこそなのだ。

エスター・シモンズ、七十九歳。アマンダの友人で、主婦。両親は、メキシコ人の移民。夫には、十五年まえに先立たれた。ふたりの息子たちは、それぞれに独立して、家庭を持っている。

エスターは、ロサンゼルスのダウンタウンから、さらに東へ行ったメキシカン・タウンの小さな住宅で、ひとり暮らしをしている。六十歳になるまでは、美容師をして生計を立てていた。いまは年金と息子たちからの支援もあって、悠々自適の生活を送る。

アマンダとエスターが友だちでなかったら、私は、エスターを知ることはなかっただろう。

たとえば、アートの世界で活躍している誰かだったら、アマンダを介することなく、どこかで知り合ったり、メールアドレスを交換したりすることはあり得る。けれど、エスターはそういう人ではない。アートが大好きで、しょっちゅう展覧会に出かけてはいるが、その道のプロフェッショナルなどではない。明るく、快活で、おしゃべりで、気のいいおばさんである。


初めてエスターと会ったのは、十年まえのことだ。

その頃、私は、新聞社系列の展覧会の制作会社に勤務していた。美術系の大学を卒業したわけではなかったが、帰国子女だったので、語学を活かせる仕事をしたかった。海外の美術館やコレクターと交渉し、巡回展を引っ張ってくるというのが、私の業務だった。

アマンダは、非常にやりやすい交渉相手だった。向こうは展覧会を日本に巡回させたがっているし、こちらは海外から巡回展を引っ張りたい。利害が一致していた。LACMAとの共同プロジェクトがあったために、私は、しょっちゅうロサンゼルスを訪問することになった。

私の母と同い年のアマンダは、何くれとなく私の面倒をみてくれ、そのおかげでロサンゼルス出張は、仕事とはいえ最大の楽しみだった。

アマンダにはひとり息子がいて、ダラスで暮らしていた。最近孫が生まれたと言って、写真を見せてくれたことがある。仕事の交渉をしているときのアマンダは、ぴりっとした空気をまとっているが、そのときにはやさしいおばあちゃんの顔を見せたので、私は驚きもし、なんだか少し安心もした。

「あなたに紹介したい友だちがいるの」

あるとき、アマンダが私に告げた。ＬＡＣＭＡでの会議を終えて、これから食事に出かけようという時刻だった。

「いままでもずっと紹介したかったんだけど、仕事が忙しかったし、どうかなと思って……」

少し遠慮がちな様子だった。

私は、アマンダが紹介してくれる人なら、ひとかどの人物に違いない、と期待を高めた。知り合っておけば仕事上で点数を稼げるかも、と頭のどこかで計算しながら、私は尋ねた。

「ぜひ、お会いしたいです。どんな方ですか」

するとと、意外な答えが返ってきた。

「すごく明るくて、楽しい人よ。メキシコ料理が得意なの」

そうして、アマンダの愛車、ニッサン・スカイラインに乗って、到着したのは、ダウンタウンの外れにあるメキシカン・タウン。西海岸の典型的な中流家庭が住む、前庭のある小さなタウンハウスだった。

初めて訪れたのに、なつかしいと感じる場所がある。うつくしい田園や、季節の移ろう古都などが、そういう場所といえるかもしれない。私の場合、エスターの家がそうだった。

父の仕事の関係で、アメリカのいくつかの都市で子供時代を過ごした。住んでいたのはアパートメントが主だったが、サンフランシスコ近郊の住宅街のときだけ、少し古びた、けれど魅力的な一軒家が仮寓《かぐう》だった。エスターの家は、小さくはあったが、乾いた西海岸の空気を混ぜ込んだような、色あせた水色のペンキの外装が、えも言われぬなつかしさを醸し出していた。

アマンダが車を停《と》めてすぐ、濃いブルーのペンキのドアが開いた。

「ハーイ！　アマンダ。待ってたわ」

元気よく手を振って、むっちりした浅黒い肌のおばさんが出てきた。それが、エスターだった。

「紹介するわ。私の友だち、東京から来たマナミよ」

年上の女性に、しかも目上のビジネスのカウンターパートに、友だち、と紹介されて、私は少し照れくささを感じた。

「初めまして。マナミです。お目にかかれて嬉しいです」

握手をしようと右手を差し出した。ところが、エスターは、その右手を握ろうとはせず、いきなり全身で私に抱きついてきたのだった。

「いらっしゃい、マナミ。いつもアマンダからあなたの話を聞いてたわよ。よく来てくれたわね、スイートハート」

出会いから十秒と経っていないのに、もう「スイートハート」と呼ばれてしまった。

私は面食らったが、同時に心が弾《はず》むのを感じた。エスターが、出会い頭に、ぽん、と投げてきたボール。それに合わせて、私の心も、ぽん、と弾けたようだった。

もうすぐ夏至《げし》を迎える季節だった。エスターの家の中は、レースのカーテン越しにやわらかな西日が差し込み、明るく、居心地がよかった。乾いた風がときおり吹き込んで、テーブルの上に飾られた花瓶いっぱいのカリフォルニア・ローズを揺らしていた。

　ダイニングテーブルには、真っ白なテーブルクロスが広げられ、銀のナイフとフォークとスプーン、マーブル模様の皿が、きちんと揃《そろ》えられている。メキシコ風の銀細工が施してあるナプキンリングには、やはり真っ白な麻のナプキンが収められている。見事なテーブルセッティングを目にして、この人は客人をもてなすのが何より好きな人なのだ、とすぐにわかった。

「あなた、もちろん、メキシコ料理《メキシカン》は好きなんでしょうね？」

　エスターが訊いてきた。「ノー」と言ったら許さないわよ、という調子で。

「まーさーか《イェス》。嫌いなはずないですよ」と私は、少し大げさに抑揚をつけて答えた。

「なら、よかった。この家のテーブルには、フレンチ・フライ付きのアメリカン・ステーキなんかいっさい載らないの。オンリー・メキシカンよ。いいわね？」

　それから、テーブルの上に次々に現れた料理のすばらしさ。

　ソパ・デ・フリホーレス（うずら豆のスープ）。ワカモーレ（アボカドのペースト）。エンサラダ・デ・マリスコス（魚介類のサラダ）。お約束のタコス。エンチラーダ（油で揚げたトルティーヤでチーズとひき肉を巻いたもの）。タマル（トウモロコシの皮で包んだ蒸し料理)。デザートは、アロス・デ・クレマ(米のプディング)。そして、カフェ・メヒカーノ。

「ああ、夢みたい。ほんとうに、お腹いっぱいで、幸せ」

食後のコーヒーを啜《すす》りながら、ため息をついて、思わずつぶやいた。エスターとアマンダは、顔を見合わせて、微笑《ほほえ》んだ。

「どの料理があなたのいちばんのお気に入りだった?」

アマンダが尋ねた。ぴりりとした会議中の空気はすっかり消え去り、やさしい母のような顔になって。

「難しい質問ですね。でも……アボカドのペーストは、すばらしかったです。シンプルだけど、甘くて、香り高くて。私もときどき、自分の家で作るんだけど、とてもこんなふうには作れないな。いったい、どんな魔法を使ったの? エスター」

エスターは、にっこり笑うと、

「一緒に庭へ出てみない? その秘密を知りたかったら」

そう言って、立ち上がった。私は、ちょっとわくわくしながら、アマンダとともにエスターのむっちりした背中についていった。

キッチンの勝手口を出ると、そこは小さな裏庭だった。あたりはすっかり暗くなっていたが、キッチンの窓からこぼれる明かりが庭を照らし出していた。エスターは、庭の端に生えている大きな木の幹に手を置くと、

「これが私の料理の、とっておきの秘密よ」

内緒話を打ち明ける少女の顔になって、そう言った。

私は、エスターのそばに歩み寄って、木を見上げた。青々とした葉がいっぱいに繁って、何も見えない。

「あの枝の中に、秘密が隠されているの？」

私は口をぽかんと開けて、どんな秘密が葉っぱのあいだに埋もれているのか、必死に目をこらした。

エスターは、「ちょっと待ってて」と、いったん家の中に引っ込んで、アルミ製の脚立《きゃたつ》を両腕に抱えて戻ってきた。

「ねえ、エスター。危ないわよ、やめたほうがいいわ」

アマンダが、心配そうな声で言った。

「大丈夫、大丈夫」とエスターは、脚立をガシャンと三角に組み立てて、一段、二段と注意深く上った。私は、あわてて脚立のステップを両手でぎゅっと押さえつけた。

「ほら、受け取って。……落とすわよ」

ひゅっと空を切って、私の足下に、何か黒いものがぼとりと落ちてきた。あっ、と私は思わず声を上げた。

つやつやと輝く木の実。アボカドだった。私は、それを取り上げて、高々と掲げて見た。

「すごい。エスター、これ、アボカドの木？　じゃあ、あのアボカドペーストは、この庭で採《と》れたものなの？」

「そうよ。びっくりした？」

ワンピースの裾を勢いよく端折《はしょ》り、脚立のいちばん上のステップに座って、エスターがいたずらっぽい声で言った。

なるほど、おいしいわけだ。百パーセント、自家製のアボカドペースト。日本では、とても作ることはできない。

「父がね。アボカドの苗《なえ》を近所の人から分けてもらって、ここに植えたの。私がうんと小さな子供の頃のこと。母も料理が上手で、私の料理好きは、オアハカ生まれの母譲《ゆず》りよ」

エスターの顔は、シルエットになって、よく見えない。けれど、その声には、思い出語りのなつかしさが溢れていた。

「夫もね。あなたと同じように、私のアボカドペーストが、この世でいちばんおいしいものだって、言ってたわ。九年まえに結婚して、五年まえに亡くなっちゃったけどね」

え？　と私は、反射的に頭の中でエスターが結婚した年齢を計算した。

エスターは、来年七十歳になるとアマンダが教えてくれた。ということは、六十歳で結婚したの？

息子がふたり、孫が四人いるって言ってたけど、じゃあ、連れ子だったのかな。

六十歳で結婚し、わずか四年しか結婚生活を送れなかったのだ。何か深い事情があったんだろうな、と一瞬想像を巡らせたが、脚立の上に腰かけるエスターは、ご機嫌そのものだった。頭上の枝に手を伸ばして、よく熟れたアボカドの実を二、三個もいで、端折ったスカートの中にぽとんぽとんと入れていた。

「ねえ、見て、大きな月が出てるわ」

アマンダが、夜空を指差して言った。私が立っている場所の真上は、アボカドの豊かな枝葉が夜空を覆い隠していた。私は、脚立から手を放して、アマンダの隣に立ってみた。

夜空を薄ら明るく照らし出して、大きな満月が昇っていた。一点のくすみもなく、艶《あで》やかで、明るい月。つるんとしているのに、笑っているような。夜空に浮かんだ笑顔のように、私には見えた。

脚立のてっぺんにもいだばかりのアボカドを置くと、そろそろと後ろ向きに下りて、エスターが着地した。それから、急いで私たちの隣へやってきた。

大きく空を仰ぐと、エスターは、ワーオ、とティーンエイジャーのように声を上げた。

「私のダーリンが、こっちを見てるみたい」

夫は色白でまんまるの顔だったのよ、と言って、私たちを笑わせた。

その頃、私には、密かに付き合っている恋人がいた。

展覧会のコーディネイターとして働き始めて、七年目。責任のある仕事ができるようになり、そこそこの収入もあったので、二十八歳のとき、独立宣言して、横浜にある実家を出た。都心の1DKのマンションへは、毎週末、恋人の朋生《ともき》がやってきた。

ひとつ年上の朋生とは、大学時代に友人を介して知り合った。読書と、映画と、展覧会へ行くのが好きで、私の部屋へ来る週末には、駅前のスーパーで食材を買い込んできて、到着するなりささっとランチのしたくをしてくれる。強い主張など決してしない、物静かな、いわゆる文化系・草食系男子。趣味も合ったし、いさかいも起こらない。淡々とした付き合いではあるけれど、仕事で疲れているときなどに一緒にいると、心底癒《いや》される。そういう人だった。

どこからどう見ても、どう付き合っても、いい人だ。人畜無害、などと言ったら言い過ぎかもしれないけれど、どんな相手でも角を立てずに、ふんわりと人付き合いができる。それは、すばらしいことだと思う。すばらしいけれども、それ以外には際立った才能もない人——というのが、正直なところだった。

当然、ばりばり仕事をこなすタイプではなかった。知り合いのオーナーが営むブックカフェで学生時代にアルバイトを始めて、以来、ずっと働いていた。収入も立場も不安定だったが、人間関係には恵まれて、現状に満足しているようだった。

「密かに」付き合っていたのは、彼の仕事が安定しないために、結婚も考えられなかったし、両親にも紹介できなかったからだ。

私の父は、いまどき珍しいタイプの厳格な父親だった。知名度のある商社で、五十代で取締役に抜擢《ばってき》されたりしたからだろうか、「男は仕事第一」という、かなり古い考え方の持ち主だ。私の結婚相手についても「お前ひとりで決めるな」と、頭から

「許さない」という態度。専業主婦の母は、なんであれ、父の言うことに従う「デキる妻」。絵に描いたような夫唱婦随《ふしょうふずい》、骨董品《こっとうひん》のようなカップルだ。

二十七歳を過ぎた頃から、父は、見合い話を持ってくるようになった。いい年になって彼氏もできないおくての娘のために、おれが最初から納得する結婚相手をみつけてやる、という感じだった。家柄、学歴、職業、仕事ぶりなど、どのお相手も父好みの人ばかり。まるで、父が結婚するみたいだ。

「仕事が波に乗ってきたところだし、まだ結婚する気はないんだけど……」

会ってしまったらおしまいだ、父に決めろと迫られる。そう感じて、私は、どの縁談も写真と自己紹介書をみた段階で、同じ理由で断った。そのつど、父はたいそう不機嫌になり、「お前がいつまでも独身だと世間体が悪い」と、お説教が始まる。そのたびに、せめて朋生が安定した職場に勤めてくれてれば……と、心の中で秘密の恋人をなじった。

そんな朋生が、あるとき、びっくりするほどおいしいアボカドのスープを作ってくれた。

仕事でロスに頻繁《ひんぱん》に出かけるようになり、アマンダにエスターを紹介してもらって、私はすっかりメキシコ料理の虜《とりこ》になってしまっていた。エスターの家を訪ねるたびに、一緒にキッチンに立ち、エスターが料理するのを、興味と尊敬の念を持って見守る。手際のよさは、ほとんどプロ級だった。あるものはやさしく、あるものはパンチが効いていて、全体的に包容力のある味。どんと来なさい、面倒見てやるから、と、エスターそのものの「お袋の味」だ。

私は、けんめいにレシピをメモした。そして、それを朋生に渡し、「これ、作ってほしいんだ」とお願いした。

朋生は眉間《みけん》に皺《しわ》を寄せて、走り書きの英語のメモを解読しようと努力した。わかんないよ、などとは決して言わない。どうにかこうにか、メキシコ料理に挑戦してくれた。

当然、エスターの味には遠く及ばない。私はがっかりした。けれど、がっかりだよ、などとは口に出しては言わなかった。そして、おいしい！　とも言わなかった。ただ黙って、できそこないのエンチラーダをもそもそと食べた。朋生は、私の様子を、やはり黙って注意深く観察しているようだった。

ロスに行くたびに、新しいエスターのレシピを持ち帰る。朋生は、それを受け取り、作ってみる。「エスター《アンエスター》じゃない」メキシカンを、私は食べることになる。

ところが、もう作ってもらうのはいいかな、と思った頃に、そのスープが出てきた。ひと口、食べてみて「おいしい」と、思わず言葉がこぼれ出た。

「これ、エスターが作ってくれたのに、そっくりな味。なんていう料理だっけ？」

「カルド・トラルペーニョ」と、朋生が答えた。「君のメモを僕が正しく判読しているのなら、たぶん」

思い出した。このまえ、エスターを訪ねたときに、食卓にいちばんに出てきたスープだ。

鶏肉と一緒に、ヒヨコ豆や刻んだ野菜を煮込み、トッピングにいっぱいのコリアンダー、そしてスライスしたアボカド。ライムをぎゅっと搾《しぼ》っていただく。心も身体もほっとするような、やさしい力に満ちたスープ。

「おいしい」と私は、もう一度言った。「なんだか、エスターのキッチンにいるみたい」

朋生は、ちょっと照れくさそうに微笑んだ。そして、自分もスプーンでスープをひと口、啜って、

「おいしい」

そう言った。

私たちは、あまりのおいしさに、無言で、夢中で、スープを食べた。

いったい、どんな秘密がスープに隠されていたのか。朋生は教えてくれなかった。

それから、いくたび、エスターのキッチンを訪れたことだろう。

初めて会ってから、最初の二年間は、LACMAとの仕事もあったし、三ヵ月に一度程度、ロサンゼルスを訪れた。ヴェニス・ビーチのしゃれたレストランなどには目もくれず、食事をする段になれば、私は、いつでも「エスターのところへ行きましょう」と、アマンダにお願いした。

「あんまりお邪魔したら、負担になるかな」あるときアマンダに尋ねると、

「最近は、あなたが下ごしらえとか、後片付けとかしてあげてるでしょう？　娘ができたみたいよ、って喜んでるわ」

そんな答えが返ってきて、なんだか嬉しかった。

東京での私の食生活は、平日は朝食抜き、昼夜は外食。週末には、朋生がやってきて、昼夜と作ってくれる。たまの日曜日には実家に帰り、母の手料理に頼る。ほとんど自分で料理することなどない生活になってしまっていたが、エスターのキッチンでの私は、別人のように、料理を楽しんだ。

料理をしながらの、エスターとの会話も楽しかった。彼女は、いろいろなことを教えてくれた。メキシコ料理の豊富なレシピ、メキシコの食材、両親の故郷・オアハカのこと。アマンダと出かけたテオティワカンの遺跡。ロサンゼルスのメキシカン・コミュニティーについて。

子供の頃には、メキシコ移民の子だというだけで、差別を受けた。両親は苦労して、エスターたち三人きょうだいを育てたという。両親は、この国にはあまりいい思い出がないままに他界した。母は、最後の最後まで、オアハカに帰りたいと言いながら息絶えた。

兄と姉も、三年まえに相次いで天国へ行ってしまった。エスターは、ため息をついて、冗談混じりに言うのだった。

「私も、そろそろ天国行きのバスに乗るのかしら。神さまに招待されたら、行かざるをえないわね」

「だめよ、エスター。バスになんか乗っちゃ」すかさず、アマンダが言う。

「せっかく天国へ招待されるんだったら、ストレッチリムジンに乗っていかなくちゃね」

「あら、ほんとだ」エスターが目を丸くして応える。

「でも、ストレッチリムジンに、私ひとり？　そんな贅沢《ぜいたく》をしてもいいのかしら？」

またすぐに、アマンダが応える。

「いいのよ。だって、人生でたった一度だけの贅沢なんだもの」

私たちは、声を合わせて笑った。

私が嬉しそうにロサンゼルスへ出かけていくのを、朋生も楽しそうに見送ってくれた。そして、満足そうに帰ってくるのも、同じように、満足そうに迎えてくれた。

ロスへ旅立つ前日と、帰国する日。その両方の日には、カフェのシフトを早出にして、私の部屋へ来て夕食を作ってくれた。両方ともたいてい煮魚や肉じゃがなどの「お袋の味」の食事だった。そして、帰国した週末には、私が手渡すエスターのレシピをじっくりと読み込んで、食材を揃え、「エスターのメキシカン」に挑戦するのだった。三回に二回の確率で、それは「アンエスター」だった。けれど、ごくたまに「エスター」な味を、再現できるようになったのだった。

腕を上げたな、と思った。こんなに料理が上手で、自分の手料理を人に食べてもらうのが大好きで……。

どうして、朋生は、自分で店をやってみたいとか、思わないのかな。

もし、そうしたいんだったら、私、応援するのに。

経営が苦手なら、私がやったっていい。いまの会社で、予算管理もちゃんとできるようになったし、きっと私のほうが、うまくできる。

共同経営者になって、代官山《だいかんやま》とか白金《しろかね》とか、おしゃれで食にこだわりのある人たちが集まる場所で、メキシカン・カフェをオープンする。

そうだ。エスターに来日してもらって、キッチンの作り方からメニューまで、監修してもらうのがいい。七十二歳のメキシカン＝アメリカンのおばあちゃんが監修なんて、ニュース・バリューがあるんじゃないかな。口コミでも、けっこう広がりそう。

いいな、いいな。「エスターのキッチン」。やってみたい。

心の中でそう思いながらも、なかなか提案するには至らない。朋生の人生に、自分の思いつきを押しつけるような気がして、それってどうなのかな、と思った。朋生のほうから「やってみたいんだ」と言われるならともかく……。

気がつけば、私は三十二歳になっていた。朋生は三十三歳。付き合い始めて十年以上が経つにもかかわらず、お互いに「結婚」とか「一緒に暮らす」とか、一度も口にしたことはなかった。

父が持ち込む縁談も、三十歳を境にぐんと減り、最近は口うるさく言われることもなくなった。あきれている感じでもあり、あきらめている感じでもあり。お父さんも年を取ったのかな、と、ふと気がついた瞬間、どきりとした。

誰とも結婚せずに、私、一生このままなのかな。

妻にも、母にもならないままで。

私は、朋生と、このまま、お互いに「なにものでもない」まま、このさきも、付き合っていけるんだろうか。

四十歳になっても。五十歳になっても。六十歳になっても？

年を取って、おじいちゃんとおばあちゃんになっても、いまとおんなじ居心地のいい関係のままで、どこまでも付き合っていけるの？

そんな保証なんて、どこにもないじゃない。

そんなふうに、つらつらと考え続けるようになった。私たち、このままでいいのかな。だめなんじゃないかな、と。

いっそのこと、別れたほうが、お互いに、一歩踏み出せるような気がする。

別れたほうがいいかも、という思いに誘惑される一方で、朋生の料理を食べられなくなると思うと、さびしさで、胸がきゅんと鳴るような気もした。

結局、私たちは、いかなる「新しい一歩」を踏み出すこともなく、淡々と、静物画のように穏やかな年月を、つかず離れず、過ごし続けた。

一週間後に四十歳のバースデーを迎える七月のある日、私は、ひさしぶりにロサンゼルス国際空港に降り立った。

五年ぶりのロサンゼルス。日本は梅雨《つゆ》のさなかで、ぐずぐずと蒸し暑い日々が続いているのに、ロサンゼルスの空はからりと晴れて、乾いた風が心地よい。タクシーに乗ると、「ラ・ブレアまで」と、なつかしい地名を告げた。アマンダのアパートがあるストリート。

一緒に仕事をした三、四年のあいだは、ホテルに泊まるのはもったいないからうちに泊まりなさい、という厚意に甘え、いつも居候《いそうろう》をさせてもらった。

LACMAとのプロジェクトを無事成功させ、その後、ロサンゼルスへの出張がぱたりとなくなった。一、二回ほどプライヴェートで遊びにいったが、三十五歳のときに思い切ってアートコーディネイターとして独立してからは、とにかく仕事が軌道に乗るまではと、海外旅行を自粛した。

アマンダとはメールのやり取りを続けてきたが、メールが不慣れなエスターとは、数回手紙のやり取りをしたに過ぎない。エスターは元気よ、あいかわらず料理してるわよ、とアマンダ経由で様子を教えてもらい、よかった、となつかしく思い出していた。

まるで、故郷のおばあちゃんみたいだな。

忙しくしているときに、なんの脈絡《みゃくらく》もなく、エスターのことを思い出すことがあった。

夢のようにおいしかった料理の数々、ディッシュウォッシャーいっぱいに詰め込んだメキシコ風デザインの皿。もと美容師らしくきれいにセットしたショートヘア、笑うたびに耳もとでゆらゆら揺れるターコイズのピアス。息子や孫の写真を見せてくれたときの、嬉しそうな顔。

一度だけ、四年間一緒に暮らした二番目の夫の写真を見せてくれたことがある。

照れくさいからしまっているの、とエスターは言った。ほんとうは、宝物だからあんまり誰にも見せたくないのよ、と、アマンダが、あとからこっそり教えてくれた。

ふっくらと丸顔で、大きな耳の色白のおじさんの名は、アンディ。幸せそうな笑顔で、エスターと頬を寄せ合っている。エスターは、ばっちりメイクをして、髪に白い蘭《らん》の花を飾り、とてもきれいだ。結婚記念のパーティーのときに、撮った写真だった。

正直に言うとね。アンディとは、もっと早く結婚したかったの。でも、ほんとうに、ほんとうにいろんなことが……あってね。

聞いてもらってもいいかしら、マナミ？

あなたに伝えておきたいと、いま、思ったから。

それから、エスターは、心の奥深くしまい込んでいたアンディとの物語を、話してくれた。


エスターが最初の夫と結婚したのは、十九歳のとき。メキシカン＝アメリカンの男性で、知人の紹介で出会ったという。結婚してすぐ、立て続けにふたりの息子を授かったが、夫は酒癖が悪く、エスターに暴力をふるった。すぐにでも離婚したかったのだが、厳格なカトリック教徒だった母がなかなか許してくれない。子供を片親にしてはいけない、赦《ゆる》しこそが神様がお示しくださった方法なんだから、お前ががまんしなさいと諭され続けた。

夫は働かず、エスターは美容師として家計を支え、子供たちを育てた。年老いて働けなくなった両親の面倒もみた。何度も、もう限界だ、と思った。それでも、歯を食いしばって、どうにかがんばった。

上の子供が十四歳になったとき、突然、逃げよう、と言われた。日常的に母親に暴力をふるい続ける父親に、子供たちはもはやがまんできなくなっていた。

逃げようよ母さん。あんなやつ、もう親父じゃない。おれたちが働いて、母さんを助ける。

息子の言葉に、エスターは涙がこみ上げた。けれども、それを隠して、言ったのだった。

お前の気持ちはよくわかるわ。だけど、私たちがどこかへ行ってしまったら、おじいちゃんやおばあちゃんはどうなるの？　あんな男でも、お前たちの父親なのよ？　私たちがいなくなったら、おじいちゃんやおばあちゃんや、ご近所の人たちにだって、どんな乱暴をふるうかわからない。

私は大丈夫よ。神様が守ってくださるんだから。ね、母さんを見て。元気でしょう？　泣いてなんかいないでしょう？

そうして、思い切り、大きな笑顔を作ってみせたのだった。

そんなエスターに転機が訪れたのは、四十歳になったときのことだった。

仕事の帰りに、ときどき立ち寄る安酒場があった。そこのカウンターでマルティーニを一杯引っかけていたとき、隣に座ったのが、アンディだったのだ。

アンディはセールスマンで、いろいろなものをアメリカの各地で売り歩いてきたらしいが、そのときは、食材をミックスする電動ブレンダーのセールスマンだった。女性が隣に座ったのをチャンスとばかりに、アンディはブレンダーの売り込みをしてきた。

ブレンダーは百ドルもした。とても買えないわ、とエスターは断ったが、アンディはなかなか引き下がらない。どうやら、ブレンダーのセールスは彼にとってはどうでもいいことだったようだ。アンディは、いつしか自分自身のセールスを始めていた。完全な一目惚《ひとめぼ》れだったと、あとから教えてくれたそうだ。

ふたりは、毎晩、そのバーで会うようになった。セールス一筋だったアンディは、ずっと独り身だった。さびしくなかったといえば嘘になる。けれど、心のどこかで信じていた。運命の人が、この広いアメリカのどこかで、自分と出会うのを待っているはずだと。

それが君なんだ、とアンディは臆面もなく言った。エスターは、思わず笑い出した。

ろくでなしの亭主持ちで、二十歳と十九歳の大きな息子がふたりもいて、老父母の世話に追われて、人のことはきれいにしてあげられても自分のことはちっともかまわない、メキシコ移民二世の四十女が、あなたの運命の人ですって？

そうだ、君だよ。とアンディは、まっすぐにエスターをみつめて言った。

君と一緒になるために、僕はここへやってきて、このバーの、この席に座ったんだ。

僕に与えられた人生の使命は、たったひとつ。それは、君を幸せにすることだ。

エスターは、どうしようもなく胸が震えるのを感じた。すぐにでも、この人の胸に抱かれたいと思った。けれども、夫や、両親や、息子たちの顔が脳裡《のうり》にちらついて、飛び込むことができなかった。

それでも、アンディはあきらめなかった。各地へ営業に出かけては、二ヵ月に一度、ロサンゼルスに帰ってきた。いつものバーで、エスターの肩をそっと抱くことはあっても、それ以上は踏み込まなかった。

彼は、待った。ただひたすらに、待ってくれた。エスターからの「イエス」のひと言を。

そうして、十五年が過ぎた。

エスターが五十五歳になったとき、夫が肝不全で他界した。

最後は、家族に手を上げることもなくなり、おとなしくなってはいたが、アルコールのせいで廃人同然になってしまった。夫が幸せな家庭を築けなかったのには、自分にも責任があると、夫が他界してなお、エスターは苦しんだ。

そして、アンディも、自分が不幸にしてしまった。

いたずらに待たせたりして、結局、彼もまた、幸せな家庭を持つチャンスを逸してしまったじゃないか。

彼は、六十歳。自分は、五十五歳。やり直すには、年を取り過ぎた。

アンディは、その頃もなお、現役セールスマンとして全国を飛び回っていた。そして、あいかわらずやさしかった。夫が他界したからといって、決してすぐに「一緒になろう」などと迫ったりはしなかった。

君には、君の考えがある。君の暮らしがある。

僕は、こうして、ときどき君の顔が見られるだけでも、幸せだよ。

人生も後半になって、君という宝物を、僕はみつけた。こんなに幸運な男が、この世界に存在するだろうか？

ずっと黙っていたけど、聞いてほしいんだ——と前置きして、アンディは教えてくれたのだった。

僕は、ポーランド系のユダヤ人で、アウシュビッツの囚人だったんだ。両親は、収容所で殺された。兄と僕は、生き残って、移民としてアメリカに渡ってきたんだよ。アメリカに来たときは、ほんの少年だったけど……なんだか、とてつもなく、幸運の予感があった。このさきの人生、きっといいことがあるって。

生き残ってアメリカに来られただけでもじゅうぶんに幸運だった。だから、幸せは、無理には探すまいと思っていたんだよ。

そうして、君に出会った。神様がくれた、最高の幸福。宝物だよ。

エスターは、涙があふれてとまらなかった。そんなエスターの肩を、アンディは、やっぱりそっと抱き寄せてくれた。

五年が過ぎ、エスターが六十歳を迎えた、誕生日の夜のこと。

すでにそれぞれ家庭を持って別々に暮らしているふたりの息子たちが、お祝いのためにやってきた。庭からアボカドを採ってきて、キッチンに立ち、エスター直伝のワカモーレを作ってくれた。エンチラーダを焼いて忙《せわ》しく立ち働く母に向かって、長男が言った。

母さん。今日は、とっておきのバースデー・ギフトがあるんだ。もうすぐ到着するよ。

さては子供でもできたのか、妊婦服を着た嫁が来るのかしらと、エスターは胸を躍らせた。玄関のチャイムが鳴って、ドアを開けた瞬間、エスターは、はっとして、息を止めた。

アンディが、立っていた。真っ白なスーツに、パナマ帽。胸に挿《さ》していた赤いバラの花をすっと手に取ると、エスターの目の前に差し出した。

結婚しよう、エスター。

このさきも、ずっと、僕のたったひとつの宝物でいておくれ。

エスターは、あまりの驚きに、声も出せずにいた。

それは、ふたりのことを偶然バーで知った息子たちからのサプライズ・ギフトだった。ふたりの息子たちが、背後に立って、そっと背中を押してくれた。

エスターは、アンディの大きな胸に、初めてしっかりと抱きしめられた。そうして、安っぽいコロンの匂いに包まれて、思う存分に泣いた。

ふたりはようやく結ばれた。そして、四年後、アンディは、そのときを待っていたかのように、天国へと旅立った。

難しい病気だったが、苦しむことはなく、満足そうに、安らかに、微笑みながら、旅立っていった。

たった四年間の結婚生活だったけれど、あの四年間のために、彼も、私も、この人生を授かったような気がするの。

長い長い話を聞くうちに、いつしか涙が止まらなくなってしまった私の肩を抱き寄せて、エスターが言った。

ねえ、マナミ。人生って、悪いもんじゃないわよ。

神様は、ちゃんと、ひとりにひとつずつ、幸福を割り当ててくださっている。

誰かにとっては、それはお金かもしれない。別の誰かにとっては、仕事で成功することかもしれない。

でもね、いちばんの幸福は、家族でも、恋人でも、友だちでも、自分が好きな人と一緒に過ごす、ってことじゃないかしら。

大好きな人と、食卓で向かい合って、おいしい食事をともにする。

笑ってしまうほど単純で、かけがえのない、ささやかなこと。それこそが、ほんとうは、何にも勝る幸福なんだって思わない？

ひさしぶりに会ったアマンダは、がんばって挑戦したダイエットの効果があったとかで、見違えるほどすっきりとしていた。

「いつもエスターのごちそうを食べてたでしょ？　この二、三年でさらに太っちゃって……年齢的に新陳代謝が悪くなってるんだから、しっかりダイエットしなさいって、かかりつけのドクターに注意されて。それで、がんばったのよ」

愛車のニッサン・スカイラインのハンドルを軽快に切りながら、アマンダが教えてくれた。実は、自分もエスターのところへ行くのは三ヵ月ぶりなんだと。

「ほんとに？　アマンダ、エスターのメキシコ料理の中毒だったのに。よくがまんできましたね」

「あら、マナミだってそうでしょ？　よくまあ、五年もがまんしたわね」

がまんできたのは、朋生のおかげだった。

朋生は、いま、六本木に新しくできたブックカフェの店長をしている。

ずっと勤め続けたブックカフェが、たいそう人気で、二号店を出すことになった。増資して株式会社化されたのだが、同時に朋生は正社員になり、二号店の店長に抜擢されたのだった。

ずいぶん時間がかかったけれど、自分が好きで始めたことを、こつこつと続け、オーナーの信頼も得た。何より、朋生がアレンジで作った「ジャパメキシカン」のメニューが、大好評になったのが、カフェが成長した一因らしい。

料理も続けてみるもんだね、と、店長就任の夜、しみじみと、喜びを噛《か》み締めるように言っていた。

私がロサンゼルスに通っていたときも、独立して不安定な立場になったときも、仕事がようやく軌道に乗り始めたときも、朋生は、変わらずに、メキシコ料理を作って、私を励ましてくれた。エスターのレシピ、つまり、私の走り書きの英語のメモは、彼の宝物になった。

私たちの関係は、あいかわらずだった。いい意味で、つかず離れず。けれど、離れず、というほうに、そろそろ軸足を置きたいな。そんなふうに、感じ始めていた。

ラ・ブレアから、ダウンタウンを通って、メキシカン・タウンへと、私たちを乗せたスカイラインが走る。

「あら、見て。大きな月」と、アマンダが言った。

フロントガラスに、ぽっかりと満月が浮かんでいた。幾千もの明かりが点《とも》った高層ビルの真上に、落っこちそうに大きな月。私は、わあ、と声を上げた。

「おいしそう。パンケーキ……じゃなくて、エスターのトルティーヤみたい」

アマンダが、思わず笑った。

「よっぽどお腹が空《す》いてるのね。でもまあ、確かに。あれは、トルティーヤかな」

私は、膝《ひざ》の上に抱えた小さなクーラーバッグを、そっと撫《な》でた。中には、朋生が焼いたトルティーヤが入っているのだ。

エスター。

これね、私の大好きな人が作ったの。あなたのレシピを見ながら焼いたのよ。

あなたに、食べてもらいたくて。持ってきたのよ、東京から。

エスターは、なんて言うだろう。きっと、目をまんまるにして、私をぎゅっと抱きしめてくれるに違いない。

ああ、マナミ。もちろん、いただくわ。なんてすてきなの。

さあ、いますぐ約束してちょうだい。今度は、彼もここへ連れてくるって。

彼には、そうね、まずは庭のアボカドを採ってきてもらいましょう。今年もたくさん、実ったの。

一緒にワカモーレを作りましょう。ねえ、そうしましょう。いいわね？　スイートハート。

# 無用の人

Birthday Surprise

その宅配便が届いたのは、父が他界してから一ヵ月ほどあとのことだった。

「羽島《はしま》さん、宅配便、きてますけど」

美術館事務局の非常勤職員、菅本《すがもと》さんが、茶色の分厚い封筒を手に、私のデスクへとやってきた。

「着払いなんですが……館で払い出しするためには、差出人の確認が必要なので、ご確認お願いできますか」

宅配便の業者を、職員用出入口に待たせたままだと言う。

収蔵作品の展示替えのプラン作成で忙しくしていた私は、まったく誰なのこんなときに、と心の中で文句を言って、封筒を受け取り、送付伝票の差出人名を確認した。

東京都新宿区西早稲田三丁目〇番〇号－二〇三　羽島正三

私は目を凝らした。

父の名前だ。ただし、住所は見知らぬものだった。

「受け取り拒否もできますが？」

しびれを切らしたように、菅本さんが声をかけてきた。我に返って、「ああ、すみません。受け取ります」と、あわてて応えた。

「個人的なものなので、私、自分で払います」

席を立って、職員用出入口に向かった。宅配便の業者に六百五十円支払って、そのまま、廊下でもう一度、じっくりと送付伝票を眺めた。

K記念美術館　学芸課　羽島聡美《さとみ》様

宛名をみつめるうちに、これは父の字だ、と気がついた。

父から手紙をもらったことなど、一度もない。父が書いた書面なども、特に記憶になかったが、それは確かに父の字だった。

カーボン紙で複写された文字は、かなり薄く、弱々しかった。そして、震えて歪《ゆが》んでいた。

集荷日を見る。――二月一日。

そして、配達希望日。――四月五日。……今日だ。

父が他界したのは、今年の三月一日。つまり、死の一ヵ月まえに、父はこれを宅配に出したのだ。二ヵ月後に、私の手元に届くよう。

そんな長期間、荷物を預かって届ける宅配業者があったのか。

さらに、伝票の「品名」の欄を見ると、意外なことが書かれてあった。

――誕生日の贈り物。

「あれっ。そうだった」

思わずひとりごちた。すっかり忘れていたが、今日は、私の誕生日だったのだ。

なんだろう。……気味が悪いな。

父は、ひとり暮らしの末に、入院先の病室で亡くなった。そのひと月まえから、末期がんで入院していたことを、あとから母に聞かされた。母も、私も、臨終に立ち会うことなく、父は、医師と看護師だけに見守られ、息を引き取ったとのことだった。

病院の場所は船橋《ふなばし》市内だったし、遺品整理のために出向いた父の終《つい》の住処《すみか》は、同じ市内にある小さなアパートの一室だった。

差出人住所に記されてある「新宿区西早稲田《しんじゅくにしわせだ》」というのは、まったく未知の場所だった。

なぜ父は、この住所を記して、これを私に送ったのだろう。

入院するまえか、あるいは入院した直後か。配達日を二ヵ月後に設定したということは、ひょっとすると、自分の死期を悟ってのことだったのだろうか。

しかも、すっかり忘れていたけれど、私の誕生日に……。

大人になってからは、一度たりとも、誕生日プレゼントなんてくれたことがなかったのに。

封を切れずに、私は、両手に載せた茶封筒に視線を落としていた。そのうちに、ポケットの中で携帯電話が震え始めた。学芸課長の下村《しもむら》さんからだった。

『何してんの、早く戻ってきて。会議が始まるよ』

「すみません、すぐ戻ります」と返事をして、足早に学芸課へ戻った。デスクに積まれた書類の山のいちばん上に封筒を載せると、そのまま、会議室へと急いだ。

気がつくと、五十回目の誕生日を迎えていた。

この美術館の学芸課に転職したのが、三十二歳のとき。計算すると、十八年ものあいだ、ここに勤務していることになる。それ以前は、福岡の博多《はかた》で働いていた。

都内の私立大学で美術史を学び、アート関係の仕事ならなんだってやると意気込んで、福岡市内にオープンしたばかりのアートスペースに就職を決めた。美術館でも、ギャラリーでもない、「アートスペース」。いまでこそ珍しくはなくなったが、当時はそこが全国でも初めてといっていいような、斬新な現代アートの展覧会を開催する場所だった。アート好きな変わり者の企業オーナーが、「現代アートを支援する」と息巻いて、開設したのだった。

当時は、いまほど現代美術が一般の人たちに浸透していない頃で、「前衛芸術は難しい」「現代美術のよさなんてさっぱりわからない」と、アートに対してほとんどの人が似たような印象――どちらかというと否定的な印象を持っていたように思う。

私の母も、当然ながら、そうだった。

我が家の経済事情はいつも厳しく、それでも名門私立大学に合格を決めたひとり娘のために、母はパートでせっせと働き、家計をやりくりし、親戚に頭を下げて借金をして、どうにか進学させたのだ。その娘が、収入の安定した企業の正社員ではなく、何だかよくわからないアートの仕事に就くからと、遠い街へ、しかも非常勤職員として、出ていってしまうとは。卒業後の進路を自分で決めた私に対する母の絶望は、半《はん》端《ぱ》ではなかった。

一方で、父の反応は、意外といえば意外だった。

おもしろいんじゃないの、と父は言った。

たぶん、おもしろいよ。まだ、誰も、あんまり気がついてないんだろ？　その、現代美術とやらのおもしろさにさ。

それが、お前にはわかるおもしろさなら、たぶん……いや、たぶんじゃなくて、きっとおもしろいよ。

そう？　と私は苦笑いをした。何やら、おかしな気分だった。

現代アートのかけらもわからないはずの父が、不思議なことに、真理を語った気がした。

たとえ、一般的には何の価値もなく、無用扱いされているものであっても、自分にとっておもしろいものであれば、それはおもしろいものである。

まさに、アートとはそういうものなのだ。

当時、父は、関東圏下でチェーン店を展開しているスーパーマーケットの生鮮食料品売り場に勤務していた。家庭の事情で大学を中退して働き始め、その一年後に、同僚だった一歳年上の母と結婚したのだった。

父が二十五歳、母が二十六歳のときに、私が生まれた。出産を機に、母は専業主婦となったが、父はちっとも昇格の機会に恵まれず、生活はいつもぎりぎりだった。

いつまで経っても生鮮食料品売り場で、キャベツやホウレンソウを黙々と並べるばかりの父。母は、いつしか、父を疎《うと》み始めた。

「お父さんは、声も出さないからね。他の人は、はい、らっしゃいらっしゃい、ってお客を呼び込むじゃない？　あの人は、そういうことができないの。地味なんだよ、存在自体が。そこにいることも忘れちゃうくらい。だから出世もできないの」

もううんざり、という調子で、母が言った。熟年離婚を決意するに至った理由のひとつが、それだった。

私が福岡から千葉県の佐倉《さくら》市内に新設される私立美術館へと転職した数ヵ月後に、両親は離婚した。

その前年に、父は、長年勤めたスーパーを退職した。早期退職に応募して退職金をたんまりもらう、などという花道が用意されたわけではない。「主婦の万引きを見逃した」という、本当だか嘘だかわからないような理由で、一方的に解雇されたのだった。

冷静に考えればリストラのターゲットになったとしか思えないような解雇のされ方だったが、母はすっかり気落ちしてしまった。「万引きの片棒を担いだ」とか「万引き主婦に熱を上げたんだ」とか、散々怒り散らしていた。

父は、特に抗議するでもなく、何ら言い訳もせず、ただ黙って嵐が通り過ぎるのを待っていたようだった。

その後、父は再就職すべく、こつこつとハローワークに通い、せっせと履歴書を送り続けたらしいが、五十代後半になっての再就職は、やはり厳しかった。

両親は船橋市内の賃貸アパートに住んでいた。二部屋だけの間取りだったので、私が同居する余地はなかった。私は、勤務先まで電車一本で通える千葉市内の1LDKの賃貸マンションに住み始めた。

母は、私の休日を狙って、私のマンションへ足繁くやってきては、もうお父さんとは別れたい、別れてもいいでしょと、文句のような嘆願のようなことばかり、気の済むまで言い連ねた。

私が中学生になってから、母はずっとスーパーのレジ係や清掃の仕事のパートで働き続けていたが、父が自分よりほんのわずか上回る程度の収入で不平ひとつ口にしないことを、常々不満に思っているようだった。お父さんは気が弱い、だから出世しない、あんな人と一緒にいてもつまらない、無能の人なんだと、いつも愚痴っていた。

そんな父が、私の目に、どんなふうに映っていたか。

娘というのは、多分に、母親の影響を受けるものだと思う。母がもっと愛情と敬意をもって父に接していれば、あるいは私も同じように父に接したかもしれない。けれど、年頃になってからの私は、母の愚痴ばかり聞かされ続け、自然と「お父さんはダメな人」というイメージが定着していた。

私が高校生の頃の父は、とにかく寡黙《かもく》な人だった。同僚との付き合いもさしてないようで、まっすぐに帰宅し、母が遅番のときには食事の準備をして、私にはさきに食事をさせ、自分は母の帰宅を待って、食卓で静かに読書をしていた。

父の蔵書はさして多くなく、繰り返し読んでいる本があった。岡倉天心《おかくらてんしん》の『茶の本』。この文庫本を、繰り返し繰り返し、読んでいた。

何をそんなに夢中になっているんだろう、ひょっとして官能小説だったりして、と私は、あるとき面白半分で、父の留守中に、その文庫本を開いてみた。

ページは赤茶けていて、あちこちにしみがあり、手垢《てあか》にまみれていた。汚い本だなあ、というのが最初の印象。そして、漢字がいっぱいあって、難しそう。一見して「茶の湯」に関する内容のようだった。美術と国語が得意だった私は、ためしに読んでみることにした。

——おのれに存する偉大なるものの小を感ずることのできない人は、他人に存する小なるものの偉大を見のがしがちである。——

それは、西洋人に日本の美の真理を教えるための美学書であり、哲学書だった。もちろん難しかったが、その難しさに逆らって、私は必死に読み進めた。

そこには、厳然とした、日本人の茶の論理があった。圧倒的な美意識があった。はっきりとはわからないものの、私は、この本の中に語られている伝統的な「美」に対して、もやもやとした興味を覚えた。そして、強い反発も。

この本の中で語られていることは、この筆者が生きていた時代には、確かに真実だったかもしれない。

だけど、美意識っていうのは、時代によって変わっていくものなんじゃないか。

十八歳だった私は、生意気にも、そんなことを考えたのだった。そして、都内の美術史教育で知られる私立大学で勉強しようと思い立った。それも、とびきり新しい、自分たちの時代の芸術について学ぼうと。

父の文庫本を読んだことは、父にも母にも言わなかった。

その後、私は、猛然と受験勉強をし、難関校だったその大学の文学部に入学を果たした。

母は手放しで喜んで、どうにか進学できるよう、段取りしてくれた。父は、やはり言葉少なに、おめでとう、と告げ、どこか照れくさそうに微笑んでいた。

大学生になり、さらに社会人になってから、私の父に対する印象は、ほんの少し変わった。

父は、「無能の人」などではない。けれど、母にとっては――そして社会にとっては、「無用の人」なのかもしれないと。

自立を果たした私にとっても、父は、そういう人なのかもしれなかった。

記念すべき五十回目の誕生日の夜。結局、残業のために学芸課のデスクで、ひとりで過ごした。

半世紀を、生きた。が、その実感も、感慨も、特にはない。

これといった大きなトラブルにも遭わず、病気にもならず。社会人になってからは、安月給ではあるけれど、好きなアートの仕事に携わり、思うように生きてきた。付き合った人は何人かいたけれど、いつも仕事が恋愛よりも優先で、ついに結婚することはなかった。

七十六歳になった母は、ときどき、「孫のひとりでもいれば、もっと楽しかっただろうにねえ」とぼやく。もちろん、私は、聞こえないふりをしている。

十八年間、ヒラの学芸員。このさきも昇進など望むべくもないが、好きなアートに関わり続け、自分の企画で展覧会を作り、アーティストと交流し、作品の貸し出し交渉や返却の立ち会いなどで出張にも出かける。よほどのことが起こらない限り、定年まで、この調子で働き続けたい。それが、ささやかながら、唯一の私の望みだった。

夫や子供がいたならば、もっと別の生き方をしていたかもしれない。けれど、私は、この生き方で満足だった。

「あんたも結局、お父さんに似て地味な人生ね」と、離婚後の母に言われたことがあった。が、その言葉には、結局人生地味なほうがいいかもね、というニュアンスが、ほんのりと含まれてもいた。

残業を終えて、帰る段になってから、私はようやく、書類の山の上にうっちゃったままにしていた茶封筒を手に取った。

ずっと気になってはいたけれど、すぐに開封してはいけないように感じていた。

間違いなく、これは、亡き父からの最後のメッセージなのだから――。

時計を見ると、九時十分まえだった。九時を過ぎても館内に留まるときは、警備室に届け出をしなければならない規則になっている。私は、祈るような心持ちで、茶封筒の封を切った。

封筒の内部は緩衝材で二重になっていた。私は、封筒を逆さまにして、振ってみた。

カラン、と音を立てて、何かがデスクの上に転がり落ちた。

それは、鍵《かぎ》だった。

あまりにも意外だったので、私は、「え？」と思わず声を出した。

何、これ？　……これが「誕生日の贈り物」？

手紙か何か入っていないか、封筒の中を覗《のぞ》いたり、もう一度振ってみたりした。何も出てこない。

まったく、もう。驚かさないでよ、お父さん。冗談のつもり？

胸の中で、父に語りかけた。

おかしなくらい、ぐらぐらと心が揺れていた。

スプリングコートを羽織ると、ポケットに、鍵と封筒を突っ込んで、照明を消し、学芸課を出た。

四月とはいえ、自然に肩にぐっと力が入るほど、夜気は冷たかった。

美術館は駅からバスで十五分ほどの場所にある。もう最終バスは出たあとだったので、しかたなく、携帯電話でタクシーを呼んだ。

タクシーが駅に近づくと、帰宅を急ぐ人たちがちらほらと歩く街路が、「さくらまつり」の提灯でしんみりと飾られているのが見えた。

カイロか何か、あたたかなものを握るように、私は、コートのポケットの中で、鍵を握りしめていた。

一度だけ、父が、私の勤務する美術館を訪ねてきたことがある。

もう十五、六年もまえのことだろうか。この美術館に勤め始めて二年目、両親が離婚した翌年のことだった。

「羽島さん、お父さまが、第二展示室にいらしているそうです」

受付から内線で連絡を受けた同僚が、教えてくれた。私は、ちょうど昼休み中で、デスクで自作の弁当を広げたところだった。

父は、展示室の片隅に座っている監視員に、羽島と申しますが娘はおりますでしょうか、と尋ねたそうである。監視員から総合受付に連絡がいき、そこから私が呼び出された。

両親が離婚してからは、母とはほぼ毎週会っていたけれど、父とは一度も会っていなかった。父とはこのさきあまり会わなくなるだろうと思っていたし、別に会いたいとも思わなかった。つまりは、これからは、母だけが私の親。それでよかった。

突然父の訪問を受けて、私は少なからず動揺した。

仕事がみつからなくて、お金の無心にきたのだろうか。真っ先に頭に浮かんだのは、そんなことだった。展示室に向かう足取りは、すっかり重くなってしまった。

父は、第二展示室に展示してある、アメリカの抽象表現主義の巨匠、マーク・ロスコの大作と向かい合っていた。

白いワイシャツに、グレーのスラックス、茶色の革靴を身につけて、白髪まじりの短い髪をきちんと撫でつけ、思いがけずぱりっとした印象だった。

明るいオレンジ色に縁取られて、深い臙脂《えんじ》色のやわらかな輪郭の四角形がふたつ、上下に並んでいる。ただそれだけの、抽象画。ただそれだけなのに、ロスコの絵は、言い難くうつくしかった。

ぼうっと光を放っているようにも見える、豊饒《ほうじょう》な風景。なめらかな色彩を切り取った窓の前に、父は立っていた。

「どうしたの、急に」

父の後ろ姿に向かって、私は声をかけた。振り向いた父は、私の顔を見ると、少し照れくさそうに笑った。

「ああ、ひさしぶりだな。近くまで来たんで、一度、寄ってみようかと思ってね」

美術館の周辺には、悲しいくらい何もない。けっこうな田舎なのである。ここに来る以外に、「近くに来る」用事などないはずだ。

「ごめん、いま作業中で……あんまり、時間ないんだけど」

とっさに嘘をついた。ほんとうは、ランチタイムが始まったばかりで、一時間近く自由な時間がある。けれど、父と面と向かって長話する勇気がなかった。

ところが、父は、清々とした表情をしていた。

「そうか。別に、構わないよ。すぐ帰るから。……これ、見られただけでも、来た甲《か》斐《い》があったよ」

そう言って、もう一度、ロスコの作品を見上げた。茜空《あかねぞら》に吸い込まれるようにして。

「おれは、お前がどんな仕事をしているのか、いまだによくはわからないけれど……たぶん……いや、たぶんじゃなくて、きっと、いま、幸せなんだよな？」

思いがけない問いかけに、私は目を瞬《しばたた》かせた。

「どうしてそう思うの？」と訊き返すと、

「だって、こんなうつくしい絵に、毎日触れてるんだから。幸せじゃないか」

とても単純な言葉だったが、そこには、やはり真理があった。私は、思わず、うなずいてしまった。

その様子を見て、父は、にっこりと笑った。

「そんなら、よかった」

つい最近船橋市内の書店に契約社員だが再就職したこと、本を陳列するのがとてもおもしろいことなど、ぽつりぽつりと語り、「じゃあ、また」と微笑んで、父は、あっさりと帰っていった。

それっきり、父と会うことはなかった。

その次に会ったときには、父は、白い壺の中に納められて、小さくなっていた。

帰宅してから、母に電話をして、まず文句を言った。「今日、誕生日だったのに、忘れてたでしょ」と。

『あら、やだ。ほんとだわ。あたしったら、すっかり忘れちゃって……ごめんごめん』

電話の向こうで、母は、ちっともすまなそうではなく、楽しそうに笑った。最近韓流《ハンりゅう》スターにハマっていて、それ関係の同年代の集まりが都心であり、勇んで出かけていたのだそうだ。『グッズ買ってきたわよ。誕生日プレゼントは、それでいい？』などと言う。

「あのさ……ひとつ、お父さんのことで聞きたいことがあるんだけど」

鍵のこと、母は何か知っているかもしれない。そう思って電話をしたのだ。たちまち母の声が曇った。

『なあに、いまさら。保険金とか期待してるんなら、もうまったく残ってないわよ』

入院費用と滞納家賃と葬儀代、合同墓の購入、諸々の後始末で、父がわずかにかけていた保険はすべて使い切ってしまったと、すでに母から説明を受けていた。保険金の受取人にあたしが指定されていたのは、後始末よろしく頼むということだったのよねと、母はやはりぼやいていた。

「そうじゃなくて……新宿の西早稲田って、どういうところか、知ってる?」

母は、しばらく考え込んでいるようだったが、

『お父さんが、独身時代に住んでたところじゃない?』

結婚まえに、一度だけ、母はその町に行ったことがあった。このあたりに住んでいるんだ、と父は母に言ったそうだが、決して部屋に誘い込んだりはしなかった。だから、どんなところに住んでいたかはわからないけど、と母は言った。

私は、難しいパズルのピースがほんの一片、はまったような気持ちになった。けれど、完成にはまだ遠い。

『西早稲田が、どうかしたの?』好奇心を全開にして、母が尋ねた。

「いや、ちょっとね。今度、遊びに行ってみようかと思って」

『何よ、藪《やぶ》から棒に。いい人でもいるの、そこに?』

まさかあ、と私は笑った。

「お母さん、私いくつになったと思ってるの? もう五十歳だよ。半世紀も生きたんだよ。こんなおばさん、相手にしてくれる人なんて、もうこのさき現れっこないでしょ」

『あら、そんなことないわよ。あたしだって、もう後期高齢者だけど、韓流のおっかけやってて、楽しいもの。いくつになってもときめきは大事よ』

あんたの結婚だってあたしはまだあきらめてないのよと、おかしなほうへ話が転んでしまった。


三日後の休みの日、西早稲田へと出かけてみた。

例の宅配伝票にあった住所を調べてみると、都電荒川《あらかわ》線の「面影橋《おもかげばし》」というのが、最寄りの駅のようだった。

途中までJRで移動して、都電というのに初めて乗った。東京のど真ん中に、こんなに可愛らしい一両きりのちんちん電車が、まだ走っているとは。

黄緑色の座席と、使い込まれた木の床。小さな女の子を連れた若いお母さんと向かい合って座った。女の子は、すかさず、座席に膝をついて窓のほうを向く。お母さんが、急いで小さなピンク色のスニーカーを脱がせている。母子の髪に、肩に、春の光がこぼれてまぶしい。

ほどなく、都電は出発した。トトン、トトンと、心地よいリズムで電車は進む。やがて緩やかな長い坂を下ったかと思うと、窓の外を眺めていた女の子が、「わあ、お花、いっぱい！」と声を上げた。

大きなカーブを曲がるせつな、窓の外が薄紅色に染まった。電車は、神田川《かんだ》を渡るところだった。神田川沿いに、桜並木があるようだ。

面影橋の停留場で下りると、私は、ネットで検索して印刷した地図を片手に、道路を渡り、神田川へと歩いていった。

いちめんに、桜の花が咲いていた。あたたかな風がそよ吹くたびに、雪のように花びらが舞い上がる。

「面影橋」という、いわくありげな名前の橋の真ん中に佇《たたず》んで、しばらくのあいだ、私は、放心した。花びらが舞い上がる空を、桜が枝を重たげに垂れる川面を、川下へと滑らかに流れていく花びらの白い帯を、ただ眺めていた。

父は、こんなところで、青春時代を過ごしたのか。

いつ頃から、桜並木が整備されたのかわからない。けれど、見事な枝振りを見れば、五十年、いや、もっと経年しているように思われた。父がどうしてここに住んでいたのかわからないが、この桜に魅せられてのことだったかもしれない。

母も、私も、誰も、そうとは気づかなかったに違いない。けれど実は、父という人は、密やかに、うつくしいものを愛《め》でる心を持った人だったのではないか——と、ふと思った。

それを誰にも伝えずに、静かに死んでいった人。それが、父という人だったのだ。

川沿いに、肩を並べるようにして、大小の住宅が立ち並んでいる。真新しいマンションや、古いペンシルビルなどが、ところどころににょっきりと立ち上がっていた。

宅配伝票の住所にあったのは、いまどきこんなところがなぜ残っているのか不思議なほどの、老朽化した木造二階建てのアパートだった。

一階は、大家さんが住んでいるのだろうか、門のついた石塀で囲ってあり、石塀の上には萎《しな》びた布団が干してあった。長くここに住んでいることだろう、建て替えの誘いにも頑固に反対しているのかもしれない。

石塀の横に、外階段があり、二階へと繋がっていた。番地を確かめてから、私はその階段を上っていった。

外廊下には、洗濯機や新聞の束が置かれている。二〇三と部屋番号が表札に書いてあるドアの前で、私は立ち止まった。

朽《く》ちた木製のドアは、あずき色の塗料がはげ落ちて、いかにもみすぼらしかった。

私は、呼吸を整えてから、ポケットの中で握りしめていた鍵を取り出し、ドアノブの鍵穴にそっと差し込んだ。

私の想像が間違っていなければ。

父から私への、最後の「誕生日の贈り物」は、この部屋の中に用意されているはずだ。

カチリ、と小気味よい音を立てて、鍵が開いた。私は、息を殺して、恐る恐る、ドアを開けた。

はたして、部屋の中は、空っぽだった。

四畳半一間の、南向きの部屋。磨《す》りガラス越しに差し込む光が、焼けた畳の目の細やかなひとつひとつを、やわらかに浮かび上がらせている。山鳩色《やまばといろ》の土壁は、古くはあったが、傷ひとつない。静まり返って、四方を囲んでいる。

すっきりと、潔く、何もなかった。――部屋の中央に、ぽつりと置き去りにされた、一冊の文庫本以外は。

私は、神社のお社《やしろ》を守る森林に分け入りでもするように、足音を忍ばせて、部屋へと入っていった。そして、部屋の中央で正座をし、窓と向き合った。

畳の上の文庫本に、見覚えがあった。――岡倉天心『茶の本』。

手に取って、ぱらぱらとめくる。焼けたページ、あちこちについたしみ、手垢。父が大切にしていた、あの一冊に違いなかった。

四つ折りの紙が、挟まれていた。広げてみると、アパートの賃貸契約書だった。私は、その契約書の「契約期間」の箇所に、視線を落とした。

部屋の賃貸契約期間は、二年前の四月三十日から——今年の四月三十日まで。

私は、窓辺に立った。

窓の鍵を開け、磨りガラスを横に滑らせる。むせかえるような満開の桜が、一枚の絵画になって、現れた。

その日、その部屋で、窓を開け放ったまま、太陽が西に傾くまで、私はその「絵」と飽かず向かい合った。

これから、毎春ごとに、この一枚の絵を眺める。そういう人生を、このさき送る。

つらつらと、そんな想像をして、五十年と四日目の一日が暮れていった。

# 緑陰のマナ

Manna in the Green Shadow

その鳥は、とても独特の声色《こわいろ》で、朝がくるたびに鳴き声を響かせていた。おそらく、山鳩だと思う。

日本の山鳩の声とは明らかに違う音調なのだが、鳩特有の、少しくぐもった喉《のど》の鳴らし方だから、きっと鳩に違いない。けれど、グルッポッポー、とは鳴かない。なんともいえぬメロディを、繰り返し喉の奥で奏《かな》でている。

鳥は、仮寓の二階の部屋、窓のすぐ外側によっきりと佇《たたず》んでいるイチジクの枝にとまっているようだ。鳴き始めるタイミングはいつも同じだ。夜明けまえに始まる、アザーンの声。周辺にあるいくつかの礼拝堂《モスク》、その尖塔《ミナーレ》に取り付けられたスピーカーから流れてくるイスラムの「礼拝への呼びかけ」、哀調あふれるメロディに、ふいに眠りから覚めるのだが、その直後に聞こえてくるのが山鳩の声だった。

これが二度目のイスタンブールである。

初めてこの街を訪ねたときには、一日五回の礼拝の前に街中に響き渡るアザーンに驚きもし、感動もした。

不勉強だった私は、アザーンとはイスラム教の聖典、コーランの一部が僧侶によって読経《どきょう》されているのだろうと、勝手に思い込んで、「聖なる唄声」に耳を澄《す》ませ、胸を震わせたのだが、そのときトルコの水先案内人として同行していた在日トルコ人のエミネ・バヤルに、「あれはムアッジンと呼ばれる宗教的教育を受けた公務員のような人が、礼拝を呼びかけているものです」と教えられ、何か肩すかしをくらったような気になった。

それでもやはり、アザーンの唄うようなメロディには、聞くたびに心の琴線《きんせん》に触れる不思議な引力があるように感じられる。そのあとに、続いて聞こえてくる山鳩の鳴き声も。

私の仮寓は、イスタンブールの旧市街の中心部にあるB&B《ベッド・アンド・ブレックファスト》（朝食付き民宿）である。エミネさんの友人で、彼女が所属しているNPO「日本トルコ文化交流会」のメンバーでもある、アリ・エクシオルが、その民宿のオーナーだった。

私が最初にイスタンブールを訪問したとき、何くれとなく世話を焼いてくれたアリさんだったが、私が本格的にトルコの紀行文を書くと決心して、ひと月ほどイスタンブールに滞在したいとの希望を伝えると、快くB&Bの一室を提供してくれた。日本に長らく住んでいた経験をもち、いまも大阪でトルコ雑貨の店を経営しているアリさんは、やり手のビジネスマンであり、大変な親日家でもあった。トルコの魅力を存分に書いてください、できれば大阪弁をしゃべるハンサムな商売人が出てきたらええな、と軽口を添えて、宿の中で最も眺めのいい部屋に案内してくれたのだった。

学生時代から旅行が好きで、四十代後半になったいまも年がら年中旅をしている私は、旅関係の雑誌の編集部を経て、四十歳になったのをきっかけに独立し、フリーランスの「物書き」になった。以来、紀行文や、旅で取材した女性が主人公のほのぼのとした小説を細々と書いて、生計を立てている。

大したものを書いているわけではないが、何冊か本を出してもいた。初版はだいたい三千部スタートで、それっきりだ。重版などしたこともない。それでも、本が出せるだけありがたかったし、よくぞ本が出せるようになった、成長したんだと、自分を褒《ほ》めもした。そして、こつこつとひとつのことを続けていれば、どこかで誰かが見ていてくれるものだと、「信念」と呼ぶにはあまりにも漠然とした思いではあったが、とにかくそんなふうに思って仕事を続けてきた。そして、エミネさんとの出会いによって、やっぱりどこかで誰かが見ていてくれたんだなあと、しみじみと思い到った。

私とエミネさんは、インターネットを通じて知り合いになった。エミネさんのほうから、コンタクトをしてきてくれたのだ。

ある日突然、私のブログに長々とコメントを書き込んできた人がいた。「日本トルコ文化交流会のエミネです。ご一緒にイスタンブールへ行ってみませんか」という長い件名で。

あなたの本をいつも楽しく読んでいます、私が勤務している協会は、日本とトルコの文化的な架け橋となるために、在日トルコ人の有志が立ち上げたNPO法人です、このたび「国際女性デー」を記念した講演会とワークショップがイスタンブールで開かれるのですが、日本人作家で女性をテーマにした小説を書いている人を招聘《しょうへい》したいと、トルコの作家・ジャーナリスト協会から連絡がありました、それに参加してみませんか、私とトルコの仲間たちがアテンドさせていただきます、ぜひ前向きにご検討くだされればうれしいです。

というような、日本人が代筆したに違いないと疑わせるほど流麗《りゅうれい》な日本語で、エミネさんは熱心に私をトルコ旅行に誘ってきた。あまりにもうまい話に、最初は詐欺《さぎ》メールじゃないかと疑ったくらいだ。

しかし、以前から一度行ってみたいと思いつつ、なかなか行くチャンスに恵まれなかったトルコへの旅。その誘惑に、とうてい抗《あらが》えるはずがなかった。そして、何よりもうれしかったのは、こつこつと続けてきた仕事を、やっぱり、どこかで誰かがちゃんと見ていてくれたことだった。

エミネさんは、二十代のときに、結婚したばかりの夫とともに日本へ留学した。地方の国立大学で、物理学の博士号を取得するほどの才媛《さいえん》である。以来、夫とともに日本に定住し、職も友人も得て、なごやかに暮らしている。

メールで何度かやりとりしたのち、いざ会ってみると、わっ！　と抱きつきたくなるような、ふくよかな体つきと、日だまりのような笑顔が、それはそれはすてきな女性だった。

そしてもちろん、彼女の話す日本語は完璧だった。彼女の日本語には、よどみも迷いもない。エミネさんが話すのを聞いていると、日本語とは意外にもきっぱりと明朗な言語なのだと思い知らされるようだった。ニュアンスとか、行間を読むとか、あ・うんの呼吸とか、そういうのが日本語なのだと思っていた私には、とても新鮮な体験だった。

そんなわけで、トルコ初訪問は、息をつく暇もないほど濃密な、かつ有意義なものとなった。初めて触れるイスラム文化、建築、芸術、すべてがすばらしかった。何よりすばらしかったのは、イスラム教徒《ムスリム》の寛容さ、親切さだった。

　ムスリムといえば、一部の過激な人たちの行動が、どうしたってマスコミで取り上げられてしまう。どちらかといえば非寛容で、自分たちの宗教以外には目もくれない人々なのではないか、と歪んだイメージを持っていた。それが、9・11以降ムスリムによるテロを警戒する欧米メディアによるイメージ操作であったのだと、気がついた。

　エミネさんも敬虔《けいけん》なムスリムだ。日本で暮らしていく中で、ムスリムに対する偏見もあるだろうし、何かと面倒なこともあっただろう。それでもエミネさんは、日本で「多くの恩恵を得た」と言う。たくさんの人々と出会い、さまざまなことを学んだと。だから今度は私のほうから日本の人々に恩返しをしたいのです、日本の人々にほんとうのトルコの姿を知ってもらいたいのです――と。それで、私をトルコへの旅へと連れ出してくれたのだ。

　私は、そのまたお返しに、トルコで得た経験を文章に起こし、できることなら本にして、より多くの日本人読者に届けるという使命を負った。幸い、最初の訪問記を取り上げてくれる媒体がみつかり、三十枚ほどのエッセイが掲載された。しかし、一冊の本にするにはまだまだ足りない。私は、「もう一度トルコを訪問して、もっといろいろ取材して、本格的なトルコの紀行文を書きたい。そして本にしたい」と、思い切ってエミネさんに提案してみた。実直なエミネさんは、私の突拍子もない申し出を、トルコの作家・ジャーナリスト協会と、日本トルコ文化交流会の両方にかけ合ってくれ、一年かけて実現させてくれた。

トルコ航空がスポンサーとなって航空券が準備され、最初の訪問時に面倒をみてくれたアリさんが宿泊場所を提供してくれた。さらには、エミネさんが、渡航時に同行し、最初の一週間は一緒に滞在してくれることになった。

こうして、私は、一ヵ月間のイスタンブール滞在を現実のものとした。

トルコがもっとも美しく輝くとエミネさんが教えてくれた、六月を選んだ。そして、アザーンと山鳩の唄うようなメロディで目覚める朝を、B&Bの一室で迎えていた。

初めてトルコを訪問したときから二度目に訪問するときまでの一年間で、いちばん大きな出来事だったのは、母が他界したことだった。

享年七十五歳。まだ、もう少しがんばれたんじゃないかなあ、と思ったり、長いあいだ苦しんだんだから、もうじゅうぶん生きたんだよね、と自分に言い聞かせたり。

脳梗塞《のうこうそく》を二度やって、一度目は奇跡的に助かった。父に先立たれてからの母は独り暮しだったのだが、姉が歩いて十分ほどのところに家族とともに住んでいて、ちょくちょく様子を見にいっていた。

手足と言語に多少の障害は残ったが、姉の家族に迷惑はかけたくないと、独り暮しを貫いた。そして二度目には、助からなかった。たまたま、姉が家族旅行に出掛けているあいだに、母は帰らぬ人となったのだった。

姉にも私にも見送られることなく、旅立ってしまった母。

葬儀の席で、姉は、目も当てられないほど悲しみに打ちひしがれていた。

――いつもいつも、どんなときも、母さんの様子を気にかけてきたのに。なんで、私がおらんときに、逝ってしまったん？

棺の前で、思いの丈《たけ》をぶつけて、人目も憚《はばか》らず、泣いていた。姉の夫と、すでに成人したふたりの息子たちは、慰めの言葉もない様子で、心もとない表情を浮かべて、黙って姉の傍《かたわ》らに佇んでいた。

私たちの郷里は、熊野那智大社《くまのなちたいしゃ》がある、和歌山県の那智勝浦町《かつうらちょう》。小さな町で、父と母は、四十年近くにわたって、地元の小学校の教諭を務めてきた。ふたりの人生に、なんら派手な出来事はなかったと思う。結婚し、姉と私が生まれ、私たちを育て、巣立たせた。その間も、ずっと、小学校の先生だった。教頭になったり校長になったりはしなかった。

父は、定年退職後、七十歳のときに腎臓を患い、先立った。もう長くはないとわかっていたので、私もしばらくのあいだ郷里に戻って、母と姉とともに、そのときを迎えた。

家族に囲まれ、苦しむこともなく、父は安らかに息を引き取った。もちろん悲しかったが、母も姉も私も、打ちひしがれることはなかった。人生の最後はこうありたい、と思えるような、おだやかな最期だった。

それにくらべると、母の最期は、あまりにもあっけなく、また、さびしいものだった。

誰にも死に際を看取られなかった、というのが、母の人生の汚点のように残ってしまったのが、私たちにとって、何よりやり切れない気がした。姉は、それを自分のせいだと、悔《く》やみ続けていた。

――そんなに自分を責めることないやろ、姉ちゃん。

葬儀場からお骨《こつ》を抱いて帰る道々、ワゴン車の中で、私は姉をなぐさめたくてそう言った。

母さんがひとりで逝ってしまったんは、そういう運命やったんとちがうかな。それとも、父さんが、天国から呼んだんとちがう？　いつまでおれをひとりにしとくんや、早よう来い、て……。

姉は、きっとした目を私に向けた。

——あんたは、ひとりで東京に行って、ちっとも母さんのそばにおらんかったから、そんな言えるんやろ。結婚もしらんと、勝手気ままに、あちこちぶらぶらしちゃあって……お気楽にもほどがあるわ。父さんの介護も、母さんの面倒も、全部私がみとったんやで。あんたに、何がわかるんや。

目の前で、ぴしゃりとドアを閉めるような物言いだった。

車を運転していた義兄も、ふたりの甥《おい》っ子たちも、聞かぬふりをして、それぞれにそっぽを向いて黙っていた。

私には、返す言葉がなかった。姉がぶつけてきた不平不満は、鋭い刃物となって私の胸に深々と刺さった。いたたまれないとは、ああいう感じをいうのだろう。

実家の仏壇の前に母のお骨が安置されるのを見届けると、私は踵を返して、紀伊勝浦の駅へと向かった。

――あんたに、何がわかるんや。

姉の言葉が、頭の中をぐるぐると回っていた。

高校時代から、もう何度乗ったか知れないいきのくに線の上り電車に乗り込んだ。車窓の向こうに現れたり消えたりする水平線をみつめるうちに、初めて涙が込み上げた。

――喧嘩したらいかんで。たったふたりのきょうだいのらぁ。仲良うしなさい。

おっとりと語りかける母の声が、すぐ近くに聞こえるようだった。それなのに、母はもう、どこにもいないのだった。

部屋の鎧窓《よろいまど》を開けると、潮の香りがほんのりと漂ってくる。マルマラ海からの風に乗って、青一色の空中を、無数のカモメが横切っていく。朝食をとるために、私は、テラスのある中庭へと出ていった。

小さな中庭には、色とりどりの花々が咲き乱れ、イチジクやタイサンボクの大きな木が、そこここに緑色の影を作っている。タイサンボクの白い花は、赤ん坊の頭ほどの大きさがあり、何ともいえぬ甘い香りを放っていた。

イチジクの大木の下に作られたテラス席で、宿の従業員であるカナンおばさんが、トルコ春巻を作っている。カナンおばさんは、朝食と掃除担当で、毎朝、すばらしい食事を準備してくれていた。私が出掛けているあいだに、部屋をきれいに掃除して、完璧にベッドメーキングもしてくれる。最初にここへ来たときに、アリさんを通じて、日本からきた物書きだ、トルコの本を書くために取材にきた、と紹介してもらったせいか、私に興味津々《きょうみしんしん》の様子。トルコ語であれこれ質問攻めにあったが、まったくちんぷんかんぷんで、残念ながら意思の疎通はほとんどできないものの、彼女が毎朝作ってくれるすばらしい食事のおかげで、私のほうも彼女に親しみを覚えていた。

「こんにちは《メルハバ》」と声をかけると、「メルハバ」とにこやかに返ってくる。身振り手振りで、いま作った春巻をすぐに揚げてくるから、ちょっと待っててちょうだい、的なことを言っているようだ。このB&Bに滞在して一週間ほどだったが、なんとなくカナンおばさんの伝えようとしていることがわかってきた。

世界のあちこち、英語も日本語も通じない場所で、現地の人々とコミュニケーションするすべを、私はいつしか体得していた。何かを伝えたい人は、いつも一生懸命なのだ。相手から見れば、きっと私もそうなのだろう。だから、世界じゅうどこへ行っても、いつもなんとかコミュニケーションが成立した。

カナンおばさんの春巻を待っているあいだに、エミネさんがやってきた。目の覚めるような真っ赤なスカーフで頭部を包み、黒いロングスカートに、グレーの長袖のシャツを着ている。ムスリムの女性は、国や地域や個人の差はあるものの、外出するときに頭や肌をできるだけ露出しないという慣習がある。よってエミネさんも、太陽が照りつける真夏の暑い日中でも、スカーフに長袖にロングスカートというスタイルを変えることはない。

「おはようございます。私も朝食を一緒に食べてもいいですか？」

滑らかな日本語でエミネさんが語りかける。「もちろん」と私は答えた。

「カナンおばさんが、いま、トルコの春巻を揚げてくれてるんですよ。中に白いチーズが入っていて、とってもおいしいやつ」

「ああ、シガラボレイですね。私も大好きです」

トルコ春巻の正式名を、初めて知った。

エミネさんと私は、すばらしく心地よいイチジクの木陰で、カナンおばさんが運んできてくれた熱々のシガラボレイと、オリーブのペースト、サラダ、フルーツ、ヨーグルト、パンを食べた。私はトルコ料理とよほど相性がいいらしい。初めての訪問のときもそうだったのだが、朝昼晩、丸一週間食べ続けてもまったく飽きない。このぶんなら、一ヵ月くらいは余裕でいけそうだ。

明日には一足先に日本へ帰るエミネさんのほうが、トルコ料理に飽きてしまったようだった。「そろそろ梅干しが食べたくなってきました」と、食後のチャイを飲みながら言ったので、日本から持ってきた梅干しを渡すことにした。

日本を出発する直前、荷造りをしていたときに、タッパーに詰めてスーツケースの底に入れた梅干しは、生前の母が作ったものだった。

姉と私は、子供の頃からずっと、この味に親しんできた。緊張するとお腹が緩《ゆる》くなる性分だった私に、これを食べたら大丈夫やから、と母は、大きな梅干しを箸《はし》でつまんで、口の前に差し出した。あーんと口を開けると、ぽいと放り込まれる。体をきゅうっと縮めて、すっぱ！　と叫ぶ。その様子を見て、母は、気持ちよく笑っていた。

大人になって、東京でひとり暮らしをするようになってからも、毎夏、母から梅干しの宅配便が届いた。大きな瓶《びん》にぎっしり詰め込まれた、ふっくらとやわらかな梅干し。ひと粒ひと粒、食べるたびに、母を思い出した。旅に出るときも、タッパーに入れて、必ず持参した。どんな僻地《へきち》へ出かけても胃腸をこわさなかったのは、この梅干しのおかげだったと思う。

最初の脳梗塞をやったあとも、不自由が残る手で、それまで通りにおいしく漬《つ》けて、送ってくれた。宅配便の伝票も、震える文字ではあったけれど、ちゃんと自分で書いていた。

母が亡くなって、梅干しは残りわずかになった。もちろんスーパーで買ったっていいのだが、なんだか浮気をするようで、いやだった。

二度目のトルコへの渡航が決まり、荷物のパッキングをしたときも、トルコ料理とは相性がいいから持っていく必要がないかな、と最初は思った。残りはあと三粒。大切に食べなければ……。

けれど、スーツケースを閉める段になって、やっぱり持っていこうと思い直した。今回の滞在は一ヵ月の長丁場だし、六月のトルコはかなり暑いらしいし……いざというとき、これがあれば大丈夫。お守りを持っていくつもりで、三粒全部を小さなタッパーに入れ、スーツケースに忍ばせた。

「おいしい。こんなにおいしい梅干し、私、初めてです。すっぱいだけじゃなくて、甘い感じがする」

イチジクの木陰で、梅干しを頬張り、エミネさんが言った。

「ああ、なんだかなつかしい味。日本の料理が食べたくなりますね」

しきりに日本をなつかしむので、私は、おかしくなった。そして、エミネさんが母の味をなつかしんでくれて、うれしかった。

イスタンブールは、ボスフォラス海峡を挟んで、アジア側とヨーロッパ側に分かれている都市だ。シルクロードを通って、アジアの文化はこの地へと運ばれ、ヨーロッパに伝えられた。海峡には、ボスフォラス大橋を始めとして、いくつかの橋が架かっているのだが、アジア側とヨーロッパ側を結ぶフェリーも頻繁に行き来している。

私は、エミネさんやアリさんとともに、何度か車で橋を渡り、また、フェリーで両岸を往復もした。そのたびに、アジアとヨーロッパをかくもふつうに往来する不思議を思い、トルコの人々が国際交流に長《た》けているのは当然なのだと納得するのだった。飯田橋《いいだばし》の駅ビルの中に千代田区《ちよだ》と新宿区の区境地点のプレートが床にはめ込んであって、学生の頃、「いま千代田区」「いま新宿区」と言いながら、プレートの上を行ったり来たりしてはしゃいだのを思い出して、スケールが違うなあ、とひとりで笑ってしまったり。

エミネさんの実家は、かつてアジア側にあり、ヨーロッパ側の大学へ通うのに、フエリーに乗って毎日アジアとヨーロッパを行き来していた、と聞かされた。やはりスケールが違う。

エミネさんのお母さんは、エミネさんが中学生の頃に難しい病気を患《わずら》い、長い闘病生活ののち、彼女が大学に入学する直前に亡くなった。その後、エミネさんがイスタンブール在住の男性と結婚して、夫婦で日本の大学に留学したあとに、お父さんも他界した。五歳下の妹は、アメリカ在住のトルコ人男性と結婚して、子供ふたりとともにニューヨークで暮らす。イスタンブールは故郷だけれど、もう誰もいないんですよ――と、さらりと教えてくれた。

その日、アリさんが車で私たちをB&Bまで迎えにきてくれた。オスマン帝国時代の大建築家、ミーマール・シナンが設計したモスクを見てみたい、とリクエストしたら、案内役を買って出てくれたのだ。

シナンは、オスマン帝国の古典建築様式を完成させた建築家で、十六世紀に活躍した。百歳近くまで生き長らえ、モスクや橋など、四百以上の建造物を設計したという。オスマン帝国が世界に誇る大都市・イスタンブールの壮麗な景観の礎《いしずえ》を造った人物であると、何かの本で読んだ私は、大いに興味を覚えた。

初めてイスタンブールを訪問したときは、アヤソフィア博物館や、ブルーモスクと呼ばれるスルタンアフメット・ジャーミイ、そしてトプカプ宮殿など、世界遺産にもなっている大建造物の数々に圧倒され、ぽかんと口を開いてあちこち頭を巡らせて、まんま観光客だった私だが、今回は「本にする」という目的も擁《よう》していることだし、もう少しオスマン文化の詳細に触れてみたく思っていた。が、女性が主人公のほのぼのとした日常についての短編などを書き綴《つづ》っている私が、いきなりオスマン時代の大建築家のエンターテインメント歴史小説を書けるはずもない。それでも、私のような文壇の泡沫《うたかた》のごとき物書きでも、何かいままでになかったような大掛かりなものを手掛けてみたい、という気持ちにさせるのは、やはりこの街の魔法にかかってしまったからなのだろうか。

私たちの車は、旧市街から十五分ほどの場所にある、さほど大きくない礼拝堂、ミフリマー・スルタン・ジャーミィに到着した。

「シナンの代表作には、エディルネにあるセリミエ・ジャーミィや、イスタンブールではスレイマニエ・ジャーミイなどがありますが、私は、ここがいちばん好きです」

礼拝所に向かいながら、エミネさんが言った。

「私もです。めっちゃ、きれいやで。お姫様っぽいというか」

アリさんが、何やら面白いことを口走った。

入り口で靴を脱ぎ、私は持参した薄手のスカーフを頭から被って準備した。エミネさんとアリさんは、それぞれ、入り口の手前にある洗い場で手足を清めてから入った。エミネさんは、礼拝のために、女性専用の礼拝所である二階へと上っていった。私もついていこうとしたら、アリさんが、「あなたは、一階で正面から見ても大丈夫ですよ」と誘ってくれたので、そうすることにした。

一歩中へ入ると、そこは天上の光のすべてが集められているのではないかと思えるほど、輝きで満ち溢れていた。

アヤソフィアやブルーモスクとは比するべくもないほど、こぢんまりとした空間。けれど、その両方を凌《しの》ぐほどの光が、礼拝所いっぱいにさんざめいている。私は、目を細めて顔を上げ、丸天井《ドーム》を仰ぎ見た。

数え切れないほどの小窓がドームに造られていて、そこには赤、緑、青、色とりどりのステンドグラスが施されている。イスラム文様のタイルがはめ込まれたドームは、それまでにいくつも見てきたが、こんなふうにガラスを多用した作例は初めて目にした。

アリさんによれば、このモスクは、スレイマン大帝の娘であった姫君、ミフリマー・スルタンの寄進によって建てられたのだが、「シナンはミフリマーに道ならぬ恋をしていた」という噂が絶えなかったとか。「大昔のことですから、もちろん、ほんとうのところは誰も知りません」と、アリさんは愉《たの》しげに教えてくれた。

さほど広くない礼拝堂のあちこちで、幾人かの男性たちが、正座をして、コーランの一部を唱え、ときおり立ち上がったり、床に額を押し付けたりして、礼拝を行っている。皆、同じ方向を向いて祈りを捧げている。イスラム教では偶像崇拝が禁じられており、キリスト教や仏教のように、十字架や仏像などの目に見える偶像《アイコン》は存在しない。彼らが向き合うのはメッカの方角であり、心の中で神《アッラー》に祈りを捧げるのだと、以前、エミネさんが教えてくれた。ほかのモスクがそうであるように、このモスクでも、メッカの方角に向かって、より大きく窓が造られており、そこからまばゆい光が射し込んでいるのだった。

私は、人々の祈りの邪魔にならぬよう、礼拝堂のいちばん後ろの壁際に正座をして、アリさんが礼拝するのを見守った。

私は無宗教の人間だったが、ムスリムの人々の礼拝の風景を見ていると、何か羨《うらや》ましい気持ちになるのだった。ムスリムの祈りの風景には、読経や賛美歌に彩《いろど》られる仏教やキリスト教の祈りの風景とは、一風違う雰囲気があった。礼拝の時間に大勢が集まって祈りを捧げるときにはもっとにぎやかなのだろうが、個々人で祈りを捧げる時間は、静寂に満ち、清らかなうつくしい絵のように、私の目には映った。

敬虔なムスリムの人々が、一日五回の礼拝をすること、ラマダンという断食月《だんじき》や、それ以外の宗教上の決まり事に忠実に従っていることなどを、エミネさんに聞かされたとき、そんなにさまざまな制約があっては生活に支障があるのではないかと、私は問うてみた。けれどエミネさんは、どの程度忠実に従うかは、個人差があるけれど、自分はできるだけ忠実にしようと決めた、そしてそれが生活の中心になっていることで、むしろリズムができて張りのある暮らしになっている、とすらりと答えていた。

トルコにあっては、モスクはもちろん、レストランでもオフィスでも、礼拝の場所がある。けれど日本では、礼拝の時間にしかるべき場所をみつけるのはとても難しいとも、エミネさんは言っていた。手足を清められて、ひとりになれて、メッカの方角に向かって祈りに没頭できる場所を、特に出先で確保するのは至難の業《わざ》なのだと。

そんなに苦労を強いられるならば、トルコにいたほうがずっと気楽に暮らせませんか？　と愚問をぶつけてみたが、一笑に付されてしまった。

——私は、縁あって日本へやってきて、日本に定住しているのです。そして、縁あって、あなたと出会い、一緒にトルコへやってきました。すべて神様のお導きです。それを喜びたいと思います。

「縁」などという何とも日本的な言葉を、エミネさんが実に巧みに使っているのが不思議ではあったが、ほんとうに「縁」としか言いようのない結びつきが、エミネさんと日本のあいだにはあるのだなと、すとんと納得した。そしてきっと、私とトルコのあいだにも。

シナンのモスクで静かな時間を三十分ほど過ごしたのち、私たちは再び車に乗って、昼食を取るために、金角湾《きんかくわん》を望むテラス席のあるレストランへと移動した。ピーマンの肉詰め《ドルマ》、ブドウの葉で米を包んで蒸《む》し焼きにしたサルマ、羊肉のケバブ、ムール貝のピラフ詰めなど、食べ切れないほどの料理がテーブルを埋め尽くした。

「明日から本場のトルコ料理が食べられなくて、さびしくなるんじゃないですか」

私が訊くと、エミネさんは、「そうですね。それは、確かにそう」と認めつつ、

「でも、代わりに、和食がいっぱい食べられます。煮物、焼き魚、お味噌汁……」

ただし煮物は酒やみりんを使っていないものに限りますが、と付け加えて、

「そういえば、今朝、いただいた梅干しがとてもおいしかった。あれは、どこかで買えますか」

そう訊かれた。私は、いいえ、と首を横に振って、

「あれは、私の母の手作りです。でも、もう食べられないの。去年の年末に、亡くなってしまったので……」

と打ち明けてから、

「あ、でも、あとふた粒、あります。残りふた粒、それでおしまい。子供の頃からずっと親しんできた味で、旅に出るときも、いつも、お守りみたいに持っていってたんです。なんだかもう、このさき食べられないなんて……ちょっとさびしくて、不思議な感じ」

正直に言った。

エミネさんとアリさん、ふたりとも、じっと私をみつめている。ふたりの瞳には、おだやかな、やさしい色が浮かんでいた。

「そうですか。だからあんなに、おいしかったのですね」

エミネさんが言った。とてもやわらかな声で。

「あなたを今日まで、ずっと守ってくれた食べ物だったのですね。まるで神様の与えたもうた食物《マナ》のような」

「マナ?」と私は訊き返した。

「そうです。マナ」とエミネさんがもう一度言った。

それは、旧約聖書に登場する、奇跡の食物。飢えに苦しむ人々を救いたまえとの預言者・モーセの祈りを聞き入れて、神が天から降らせた。霜《しも》のように薄く、白く、甘い。この食物のおかげで、人々は四十年間飢えることがなかったという。

「なるほど。母の梅干しは、白くも甘くもないけど……」

苦笑しながら私が言うと、

「それでも、あなたを四十年かそれ以上、守ってくれたのでしょう？　だから、それは、あなたにとってのマナです」

エミネさんが、微笑した。

「大切なあなたのマナを、ひとつ、いただいてしまいました。ごめんなさい」

急に、あやまった。私は、びっくりして、「いいえ、そんな……」と、あわてて返した。

「エミネさんに食べていただいて、おいしいと言っていただいて、うれしかったです。もっとたくさん、さしあげられればよかったんですが……こちらこそ、ひとつきりで、ごめんなさい」

エミネさんと私は、テーブルを挟んで、お互いに、ひょこんひょこんと頭を下げ合った。その様子を見ていたアリさんが、

「ふたりとも、とても日本人っぽいな。お辞儀して、あやまって。なんだか、おもしろいな。とても、いいですね」

朗《ほが》らかに笑った。

翌朝も、まずはアザーンの朗々とした声、続いてあの不思議な山鳩の鳴き声で、夜明けまえに目が覚めた。

目覚めた瞬間に忘れてしまったが、何やらとても心豊かな夢をみた。エミネさんと、それから、母。ふたりの残像が、おぼろげに脳裡にあった。きのういちにち、エミネさんと過ごして、それまでなんとなく教えられずにいた母の死について、打ち明けることができたからかもしれない。

青い闇で満たされていた部屋の中は、鎧窓の向こうが明るくなるにつれて、次第に白々と明るさを増していった。その間もずっと、山鳩の鳴き声が聞こえ続けていた。とても静かで、けれど生きる力に満ちた声色。

――私の母も、と、エミネさんがきのう、レストランから帰る道々、教えてくれた。アリさんは会社に戻らなければならず、ひと足先に店を出たので、エミネさんと私は、タクシーで私のB&Bまで一緒に帰った、その車中で。

——私の母も、私が大好きな春巻《シガラボレイ》を、ほとんど毎日、作ってくれました。病気になって、寝たきりになってしまうまでは。

私は、十歳の頃から、母に料理を教わって、一緒にシガラボレイを作ったりもしました。難しい料理じゃないから、すぐに覚えたんだけど、どうしても、母が作るようにはできなくて。

母が作ったのと、私が作ったのを、同じお皿に載せて出すと、妹は、すぐに、こっちがお母さんが作ったのだ！　って、わかるんです。どうしてわかるの？　って訊くと、だってお母さんの味がするから、ってね。

白チーズを、生地《ユフカ》で包んで、揚げるだけ。それなのに、お母さんが作ったのは、お母さんの味がする。ほかの誰かが作ったのじゃ、だめなんです。やっぱり、お母さんが作ったのでなくちゃ。

だから、母が病気になって入院して、しばらく帰ってこられないとわかったとき、妹は、私が作ったシガラボレイをひと口食べて、泣き出しました。お母さんの味じゃない、って。

まったくもう、と私は言いました。文句言わないでよ、これからは私が料理を作るんだから、黙って食べなさい！　って。そしたら、余計に泣いちゃって。泣きたいのは、こっちのほうだったのにね。

父は、黙って食べていました。おいしいとも、母の味とは違うとも、なんとも言わずに。

実は、その頃、父と、母と私とは、宗教的な観点から、距離ができてしまっていたのです。

母と私と妹はムスリムなのですが、父は無宗教でした。もちろん、トルコでは宗教の自由が認められていますし、宗教を持つのも持たないのも自由ですから、それまでは、父が無宗教であることを私たちは問題にしませんでしたし、父もまた、私たちがムスリムであることを、特に非難するでもなかったのです。けれど母が病気になって、どんどん重くなっていくにつれて、父と私たちのあいだには、言葉にはできないような、深い溝ができてしまった……お互いに、そう感じ始めていました。

父は、次第に、家族と話をしなくなり、自分の殻《から》に閉じこもってしまいました。私は、母が元気だった頃のように、にぎやかにみんなで食卓を囲み、笑ったりしゃべったりして、楽しい時間を過ごしたいと思いました。だから、一生懸命、心を込めて料理を作り、母を真似てシガラボレイを揚げました。

きっともう一度、母は元気になる。父に笑顔が戻る。ふたたび、家族みんなで、一緒に食事ができる。そう信じて、毎日、神様に祈り、必死に勉強し、料理をして、その日がくるのを待ち続けました。

けれど……。

その日がくるのを待ち切れなかったのでしょうか。母は、ひっそりと、神様の国へと旅立っていきました。

母が亡くなって、私たち家族は、いよいよ心がばらばらになってしまいました。父はますます自分の殻に閉じこもり、私たち姉妹とは会話もしない。私も妹も、いたたまれずに、とうとう、日本とアメリカへ、それぞれ留学することに決めました。その上、留学するまえに、私は結婚することも自分で決めました。父には事後報告したのですが、彼は、もう何も言わなかった。

日本へ出発する前日に、ひさしぶりに、私は、父と妹のために夕食を準備しました。母の味を真似て、シガラボレイを作りました。

父と私と妹と、三人で、テーブルを囲みました。妹は、強《こわ》ばった顔をして、無言でシガラボレイを食べました。父も、やはり、むっつりと、怒った顔をして、シガラボレイを口にしました。さくさくと、揚げ春巻を食べる音が、静かな部屋に響いていました。全員、黙りこくって、終末の日を迎えたように、重苦しい空気が流れていました。

これが、家族三人で囲む最後の食卓になるかもしれない。けれど、もう後戻りはできない。あきらめが、胸いっぱいに広がって、私は、何を食べても、もうどんな味も感じることができなかったのです。

すると、そのとき——父が、空になったお皿の上に、フォークとスプーンを置いて、下を向いたまま、ぼそりと何か言ったのです。

私は、よく聞こえずに、顔を上げて、え？　と訊き返しました。

——いま、なんて言ったの？

父は、もう何も言わずに、立ち上がると、自分の部屋へと行ってしまいました。

私は、一瞬、胸の中に膨《ふく》らみかけたかすかな希望が、霧《きり》になって消えていくのを感じました。妹は、じっと私の顔をみつめていましたが、やがて言ったのです。

——マナ、だって。

——え？　と私は、再び訊き返しました。

——なんだって？

——マナ、だってよ。お父さん、そう言った。エミネの作った、シガラボレイのこと。

そのとき、私の中を、さあっと風が吹き抜けました。その風は、母が病気になってその風は、母が病気になってからずっと、払っても払っても、私の胸にうっそうと立ち込め続けていた濃い霧を、一瞬にして吹き飛ばしたのです。

マナ、と言ってくれた。

父が、私のシガラボレイを。

背中を押されたようでした。母と、父とに。

——さあ、行きなさい。お前が行くべきところへ。

そこで、こつこつと暮らし、するべき仕事をしなさい。そうすれば、どこかで、誰かが、きっと見ていてくれるはずだから——。

包み隠さず教えてくれた、エミネさんのおだやかな語り口が、鼓膜《こまく》の奥に蘇《よみがえ》っていた。

山鳩の声が、いつまでも続いている。ベッドの上に横たわって、ターキッシュブルーに塗《ぬ》られた天井の、私は一点をみつめていた。

いつしか涙があふれ、まなじりを伝って落ちた。耳と枕と、両方が濡《ぬ》れた。それでも私は、拭《ぬぐ》わなかった。あたたかくて、気持ちのいい涙を。

鎧窓をいっぱいに開けると、さわやかな潮風が部屋へと流れ込む。

窓のすぐ外に、にょっきりと佇んでいるイチジクの木。その木陰のテラスに、目の覚めるようなターキッシュブルーのスカーフを被った丸っこい頭が見えた。

「メルハバ、エミネさん！」

声をかけると、青い瞳が上を向いた。「メルハバ！」と元気よく返ってくる。

「日本へ出発するまえに、朝ご飯をご一緒してもいいですか？」

「ええ、もちろん！」

私は、大きな声で返事をした。

大急ぎでパジャマを脱ぎ、Tシャツとジーンズを身に着けた。ドアを開け、飛び出しかけて、あわてて戻る。ほぼ空っぽの冷蔵庫を開けて、中段にちょこんと載せていたタッパーを手に取る。

もうすぐ、カナンおばさんの春巻ができあがる。まずはそれを食べて、それから、母の梅干しを、エミネさんと一緒に食べよう。

もう、ふた粒しかない。でも、あと、ふた粒ある。

イチジクの木陰で頬張るマナは、白くも、甘くもない。でも、それでいい。それがいい。

エミネさんにひとつ、私にひとつ。

それで、おしまい。それで、いい。

# 波打ち際のふたり

A Day on the Spring Beach

その宿は、波打ち際ぎりぎりに建っていて、夕日がたいそうきれいに見えるらしいんだと、友が言っていた。

ＪＲ播州赤穂《ばんしゅうあこう》駅で降りると、タクシーに乗り込んだ。宿の名前を告げると、「ああ、お客さんラッキーやな。夕日に間に合《お》うたね」と、運転手がほがらかに言った。

「夕日がきれいに見える宿、って聞いとってんけど、ほんまにそうなんですか？」

私が尋ねると、

「そうです、そうです。それで有名な宿ですねん」

バックミラーの中で、運転手が人のよさそうな笑顔で答えた。

「お客さん、どっから？　大阪ですか？」

私は、くすっと笑って「ううん、もっと近所です。姫路《ひめじ》」と言った。

「ああ、ご近所やね。赤穂へは、しょっちゅう？」

「いや、それが……小学校の遠足以来かなあ」

ピンク色のリュックサックを背負って出かけた朝のことを、なんとなく思い出しながら、私は言った。

「実家は姫路やねんけど、もう長いこと東京に住んでるんです。今回は、実家に行く用事があったんで、そのついでに、友だちと赤穂温泉に行こう、ゆうことになって……」

あまりにも近場過ぎると、いつでも行けるという気安さもあって、かえってなかなか足が向かないものだ。大学に進学するために上京するまでの十八年間、姫路で生まれ育った私だったが、姫路から電車でほんの三十分西へいったところにある赤穂には、ほんとうに遠足で一度行ったきりだった。

「そうですか。それやったら、これからしょっちゅう来はったらええね。ご実家に帰ってくるたんびに」

なおも陽気な調子で、運転手が言った。私は、小さくため息をついた。

「ほんまですね。……そういうのも、ありかな」

そう応えて、車窓の外を向いた。

タクシーは、赤穂城跡の近くを通り過ぎ、海に注ぐ川を渡って、播磨灘《はりまなだ》に臨む岬《みさき》へと向かっていた。川沿いの道を走りながら、運転手が言った。

「ここの河川敷は芝生でね……毎日、走りながら見てるねんけど、枯れた芝生に混じって、緑の芽吹きがところどころね、ほら」

確かに、白っぽく枯れている芝生の中に、やわらかな緑色がところどころに混じって見える。

「お客さんがいまから行く岬のほうに、桜の名所があってね。いま七分咲きですよ。もうすぐ満開。でもいまぐらいのほうがきれいでいいね。いいときに来たね、お客さん」

春が間近のあたたかな日だからか、それとも何かいいことがあったのか、運転手は、やたら前向きで明るい人だった。私は、自然と笑顔になった。

友と旅をするとき、恵まれていることがふたつある。ひとつは、好天。もうひとつは、人。私たちが旅をする場所は、いつもいいお天気で、そこで出会う地元の人たちは、タクシーの運転手であれ、宿の仲居さんであれ、商店街のおばちゃんであれ、愉快な、親切な、気さくな人たちなのだった。

今度の週末、帰省するから、よかったら大阪でちょっとランチでもせえへん？

つい五日ほどまえに、旅友《たびとも》のナガラにメールをした。最近めちゃくちゃ忙しくしているようだから、いつものように旅行になんかは行けないだろうけど、大阪で途中下車して駅ビルでランチくらいできないかな、と思って声をかけたのだ。

ところが、意外なメールが返ってきた。最近休日出勤が続いて、さすがにもう限界なので、なんとしてもハグ――私、波口喜美《はぐちよしみ》はナガラにそう呼ばれていた――がこっち方面へ来る機会に旅がしたいと。

近場で、一泊二日でええから行かへん？　私を元気にしてちょうだいな～。もうあかん、「旅切れ」してるし。

それで、姫路から電車に乗ってわずか三十分で到着する、播州赤穂にほど近い、海辺の温泉宿に白羽の矢を立てた。

波打ち際、ぎりぎりのところに建ってる宿なんやて。大浴場からは夕日が沈むのが

**見えて、きれいだとか。ランチタイムにいつも行ってる定食屋で、旅雑誌見てたら、みつけてん。で、うわ、めっちゃいい感じ、行ってみたいなあ、って、私の旅のウィッシュ・リストにこっそり入れとってん。**

**せやけど、赤穂って、ハグの実家から近過ぎるし、そんなとこ近場過ぎていやや、言われるかなあ、思っててんけど。**

ナガラにしては珍しく遠慮がちに行き先候補を伝えてきたのだが、私にとって赤穂は小学校の遠足以来だったし、時間ぎりぎりまで実家で独り暮らしの母と一緒に過ごせる、と思ったので、かえってありがたい提案だった。

何よりも、「波打ち際、ぎりぎりのところに建ってる宿」というひと言に、心引かれた。

ぎりぎり、という感じが、実になんともいいではないか。

そんなわけで、ナガラが宿を予約してくれた。自分はちょっと早めに行ってのんびりさせてもろてるから、ハグはぎりぎりまでお母はんと一緒にいてたらええで、と、こっちの気持ちをすんなりと読んでくれた。

長い付き合いなのだ。いま、私がどういう状況にあるのか、くどくど説明しなくても、勘づいてくれている気がした。

大学時代の同級生、長良妙子《ながらたえこ》、通称ナガラ。淡路島《あわじしま》出身で、大阪の証券会社に勤続二十五年。お気楽なOLの代名詞のような人だったのが、長年の真面目な仕事ぶりが評価されて、ついに総務課課長に抜擢されたのが、去年の秋のこと。たちまち、目の回るような忙しさになってしまい、『鳴門《なると》のうず潮に放り込まれたみたいや』と、ぼやきメールを送ってよこす。『ええやないの出世したんやし、働きぶりが認められたってことやろ？』と返信したら、

『出世なんてこれっぽっちも考えてへんかった。かりかり仕事するんは性《しょう》に合わへんし。のんびりしてたいだけやのに』

と、またぼやいていた。

ナガラがしきりにぼやくのには、理由がある。役職についてからというもの、ゆっくりと休みが取れず、いまや恒例となっている「女ふたり旅」になかなか出かけられなくなってしまったからだ。

ナガラと私は、一年に四回ほど、季節ごとに旅をしている。三十六歳のときに、なんとなく始めて、いつのまにか恒例になり、かれこれ十年経った。お互い独身で、仕

事をもっているから、自由な身の上と、自由に使えるお金がある程度ある。だから誰にも気兼ねせず、好きなときに好きなところへふたりで出かけていった。のんびりするための旅、と決まっていたので、行くだけで体力を消耗する海外旅行はいっさいなし。日本の各地、あちこちへ、いで湯に浸《つ》かりに、地元の名物を食べに、素朴な人たちに会いに、花を見に、月を眺めに、雪見酒で一杯やりに、春夏秋冬、出かけていった。

私たちふたりは、大学時代に同じゼミになって意気投合してから、どこへ行くにも一緒の仲良しだった。卒業してからも、東京と大阪で、しばらく交流は続いたが、どちらもだんだん仕事が忙しくなり、結婚を意識する彼もできたりして、いつしか一緒に出かけることもなくなっていた。

振り返ってみると、ナガラとすっかり疎遠になっていた三十歳の頃、私は人生の絶頂期を迎えていたように思う。

大手広告代理店に勤務し、肩書きは広告ディレクター。課長代理の役職にもついて、結婚を意識して付き合っていた恋人もいた。二十八歳のとき、病気で父が他界してしまったこと以外は、すべてとんとん拍子に駒を進めていた。

仕事と恋愛という人生の二大関心事がうまくいっているあいだは、旧友のことなど思い出しもしなかった。郷里で独り暮らしをしている母のことも、まあ大丈夫だろうと高をくくっていた。まったく、つくづく勝手なものだ。

そんな私に、神様が「世の中そない甘いもんと違うで」と天誅《てんちゅう》を下したのだろうか。すべてがうまく回っていたはずなのに、三十五歳になる頃には、仕事も恋愛も失ってしまったのだった。

社内の面倒なできごとに巻き込まれて、心身ともに疲れ果て、なんのあてもなかったが、私は会社を退職した。それとほぼ同時期に、恋人との別れもやってきた。

人生、いいときはどこまでもいいのに、ダメなときはとことんダメになるもんだなあ。

ほんとうに、落ち込んだ。もう、どうしていいかわからなくなった。

そんなとき、ひさしぶりにナガラからメールが届いたのだ。

『旅に出よう』という件名で。まるで、歌の一節のようなメールが。


**「会社を辞めた」ってメールから、しばし時間が経過したよね。**

**ね、行かへん？　どこでもいい、いつでもいい。**

**一緒に行こう。旅に出よう。**

## 人生を、もっと足掻《あが》こう。

あのメールを思い出すと、もう十年もまえのことなのに、なんだか、ほのぼの、微笑してしまう。

あんなふうにさりげなく、旅に誘ってくれなかったら——私の人生は、もっと味気ないものになってしまっていたことだろう。

私は、楽しげな歌に誘い出されるように、ナガラと旅に出た。

私たちは、旅のあいだじゅう、絶えずおしゃべりし、ささいなことで笑い転げ、お腹いっぱい食べ、温泉で温まり、ぐっすりと眠った。私は、旧友との旅を通して、すっぴんで、カッコつけない、素の自分をさらけだす心地よさを知った。

きっと、なんとかなる。いままで、なんとかなってきたんやもん。

根拠のない自信が、むくむくと湧いてきた。やる気も一緒に湧いてきた。ついでに運気もついてくる気がした。

企業への再就職をあきらめ、フリーランスの広告ディレクターを始めた。ぽつぽつと仕事が舞い込むようになり、四十歳を過ぎた頃には、けっこう稼げるようになっていた。そして、郷里の母にも、きちんと仕送りできるようになった。

そうして、気がつくと、「女ふたり旅」を始めて十年が経《た》っていた。

十年のあいだに、いろいろなことがあった。

いやなこと、しんどいことも多々あれど、私はどうにか仕事を続けてこられた。仕事を通じて、多くのクライアントや仲間を得ることができた。

ナガラはずっと相変わらずだったが、誠実な仕事ぶりを認められて、本人は迷惑がっているものの、ちゃんと出世した。

三十代は、ふたりとも、男運には恵まれなかった。が、さほど残念に思ってはいない。結婚せずにここまできてしまったが、「いっそ潔いやん」「これはこれで清々《すがすが》しいんとちゃう？」と、妙に納得し合っている。

ナガラのお母さんは、六年ほどまえに脳溢血《のういっけつ》で倒れたが、その後、リハビリの甲斐あって、ナガラの郷里の淡路島で元気に暮らしている。

そして私の母も、どうにかこうにか、独り暮しを続けていた。どこも悪いところはない、元気でいるから心配せんとって、と、電話をすればいつもそう言って、ひとり娘に心配かけまいとしているのがわかった。

けれど——。

少しずつ、確実に、母は年老いていった。そうして、少しずつ、変わっていきつつあったのだ。

旅館のロビーで、ナガラが私の到着を待ち構えていた。去年の夏に信州《しんしゅう》を旅して以来、八ヵ月ぶりに会った友は、激務がたたってか、頬がげっそりして見えた。

「コンピュータのシステムを全部取り替えるとかで、ほんまに、毎日毎日残業でなあ……うち帰って寝て、朝がきて、会社行って、また残業して……」

部屋へ続く廊下を歩きながら、さっそくナガラのぼやきが始まった。

旅の最中は、お互いにあまり仕事の話題を持ち出さないのが常だったが、よほど疲れと不満がたまっているようだった。

「そうか、ようがんばったな。うん、ようがんばった」

くすくす笑いながら私が言うと、

「なんや、塾の先生みたいやなあ。合格はできへんかったけど、勉強したことに意義があるねんで、とか言われそうやし」

そんなことを言うので、私はいっそう笑ってしまった。

私たちの部屋は四階の角部屋で、南と西に大きく窓が開いていた。窓の向こうには、清々しい海が広がっていた。うわあ、と私は声を上げて、窓辺に歩み寄った。

三月末の播磨灘は凪《な》いで、ばら色に染まった夕焼け空をまるごと受け止めるように、悠々《ゆうゆう》と横たわっている。漁から帰ってくる漁船が何艘《そう》か、鏡面のような海の真ん中を突っ切って港へと吸い込まれていくのが見える。眼下には猫の額のように小さな浜辺があり、さらさらと波が寄せては引いている。

「確かに、ぎりぎり、波打ち際に建ってるね」

感心して言うと、

「せやろ。大浴場は、もっとぎりぎりやで。見せたげるから、行こ」

まるで自分の家を案内するように、ナガラは私の先を歩いて、大浴場へと連れていってくれた。

春休みの週末ということもあってか、大浴場は混雑していた。宿泊客以外で風呂のみ入りにくる客も多いのだ、とナガラはすっかりこの宿の事情通になっていた。

露天風呂は広々とした石造りの浴槽で、浴槽の縁と海景とが重なって見える絶妙な設計である。お湯につかると、水平線が目の高さに見える。空と海の境界線に向かって、いましも夕日が落ちていくところだった。

「わあ、ちょうど日没やね。きれいやねえ」

「ほんまやねえ。ええお天気でよかった」

私たちの周辺でお湯につかっている人たちが、口々に感嘆の声を漏らしている。三世代の家族らしき人たち、仲良しふたり組、三人組のおばさんたち。誰もがゆったりとして、潮風に顔を撫でられ、水平線に吸い込まれていく瞬間の夕日、その最後の輝きをみつめていた。

あたりまえだけれど、いま、ここにいるのは女性ばかり。それぞれに、どんな人生を送ってきたのだろう。

たやすいことばかりではなかったはずだ。ひょっとすると、つらいことのほうが多かった、という人もいるかもしれない。

それでもなんでも旅に出て、いま、ここにこうして一緒にいる。一緒に湯につかって、沈みゆく夕日を、一緒に眺めている。

どこから来て、何をしている人なのか、お互いに知らなくても。同じ場所で、同じ風を受けながら、同じ時間を過ごしている。

「偶然なんだけど、なんだか奇跡みたいなことやなあ」

思わず、つぶやいた。

ナガラが、「え？　なんのこと？」ときょとんとしたので、私はなんだかおかしくなって、またくすくすと笑ってしまった。

母の様子がどうやらおかしい、と気がついたのは、一年まえのことだった。

私の仕事の邪魔をしたくないからと、それまでは母のほうから電話がかかってくることはめったになかったのだが、「あんた、さっき電話くれた？」と、毎日のように電話をしてくるようになった。何か用事をしているときに電話が鳴って、出ようと思うともう切れている、あんたからじゃないかと思って心配になって——と、毎日毎日、同じことを電話口で繰り返す。

おかしい、と思って、その週末に急いで姫路へ帰った。私の顔を見ると、どうしたの、なんで急に帰ってきたの？　仕事は大丈夫なの？　と不思議そうな顔をする。でも帰ってきてくれたんはうれしいわ、せっかくだからあんたの好物作ろうね、何がいい？　と、いそいそと夕食の支度を始める。いつも通りの母だった。

それから三ヵ月ほどはおかしな電話もかかってこなくなったが、心配でこっちのほうから毎日電話をしていたからかもしれない。

夏頃に、ちょっと忙しくなって三日ほど電話をできないときがあった。すると、母のほうからかけてきた。なんだか何もする気がおきなくって……と。病院で検査もしてもらったけど、どこも悪くはない。けれど体が重いし、何か胸騒ぎがする。そう聞いてこっちも不安になってしまい、あわてて実家へ帰ると、あら帰ってきてくれたの、大丈夫なのに大げさやねえ、と、やはりいつも通りの母なのだ。

一安心して東京へ戻ると、また毎日電話がかかってきて、何もする気がおきなくって……と始まる。

――ひょっとすると、認知症？

ネットで調べたり、本を読んだりしてみた。母の症状と、ぴたりと合う気がした。

――どうしよう。

気になって、夜も眠れなくなった。徘徊《はいかい》するようになったらどうしよう。どこかへ行ってしまったらどうしよう。火をつけっぱなしで出かけたら。玄関の鍵をかけ忘れたら。振り込め詐欺に引っ掛かったら……。

気が気ではなく、一日に何度も電話をした。母が電話に出ないと、仕事が手につかなくなってしまう。近所に住む昔からの知人に電話して、無事を確かめにいってもらったことも、何度となくあった。

秋口以降は、月に二、三度ほど実家に帰るようになった。幸い、会社勤めではなかったから、帰ろうと思えばいつでも帰れる。しかし、東京と姫路の往復は、経済的にも肉体的にも、そして精神的にもこたえた。ちょうど、ナガラも忙しくなって、旅に出かけられなくなっていた頃だった。とてもじゃないが、自分のほうも、のんきに旅をしていられるような状況ではなかった。そんなわけで、旅をすればすっきりと洗い流せるはずのストレスは、たまっていく一方だった。

ナガラには母のことは伝えなかった。言ったところでどうにもならないし、余計な心配をかけたくなかったのだ。

どうにかこうにか、だましだまし、何ヵ月かを過ごしてきた。

正月明けに、母を病院に連れていこうと試みたが、どうしても行きたがらない。痛いからいやだ、とか、入院させられたらいやだ、とか、子供のように駄々《だだ》をこねる。私の苛立《いらだ》ちは、ついに最高潮に達した。

——病院に行ってくれへんなら、もう私、この家に帰ってこないから。

つい、声を荒《あら》らげてしまった。すると、母の顔が見る見る青ざめた。そして、消え入りそうな声で、ごめんな、よっちゃん、ごめんなさい……と、小さく小さく、縮こまって、母は何度もあやまったのだった。

——帰ってこないなんて言わんといて。お母さん、ひとりっきりで、さびしいねん。

そう言われて、私は、震えが足下から上がってきた。

そのとき、私の目の前にいたのは、母ではなかった。私自身だった。

私は、急にさびしくなった。そしてこわくなった。

私だって、いずれ、ひとりになる。頼れる夫も子供もなく、ひとりになって、さびしい思いをするはずなのだ。

父が他界して以来、母は、ずっとひとりで暮らしてきた。娘が帰ってくるのは盆と正月だけ。それでも、私の仕事や体を気遣って、ひとりでも大丈夫だからと強がり続けて。

大学進学のために私が家を出て、もう三十年近く経っていた。

一緒に暮らしていた時間よりも、別々に暮らしていた時間のほうが、はるかに長くなっていた。

母を、彼女の人生の最後まで、ひとりっきりにしておいていいんだろうか。

母と私、お互いに、別々のままで終わっていいんだろうか。

できれば、一緒に暮らしたい。けれど、私の仕事のほとんどは東京にある。東京のクライアントから発注を受け、東京在住のデザイナーやコピーライターと組んで、広告を作っているのだ。

姫路に戻ってしまったら、仕事はどうなるのだろう。なんとかやり続けられるだろうか。いや、そんなこと、できっこない。

ひと月ほどまえ、帰省したときに、正直に母に言った。頼むから病院に行ってほしい。そうでないと、私のほうがダメになっちゃうかもしれへん、と。

母は、何かを悟ったように、おとなしく病院へ行ってくれた。

診断の結果、やはり認知症であると認められた。要介護3。すぐにケアマネージャーがやってきて、ようやく今後のことを相談することができた。

施設へ入っていただきますか、とケアマネージャーに問われ、私は首を横に振った。

——じゃあどうしますか。デイサービスを使うことはできますが、毎日じゃありません。夜も、どなたかが面倒をみないと……。

——私がやります。

と、即座に言いたかった。が、言葉がのどに引っ掛かって出てこなかった。

なるべく早く結論を出す、と約束して、ケアマネージャーに帰ってもらった。

ケアマネージャーと私のやり取りの一部始終を、母はそばにいて見守っていた。何を言うでもなく、ちんまりとこたつに入っていた。ケアマネージャーが帰ると、母は、私の顔をのぞき込んで言った。

――なんだかあんた、疲れとるねえ、よっちゃん。

私は大丈夫やから、ナガラさんと旅してきなさい。

清浄《せいじょう》な声だった。いつもと変わらぬおだやかなまなざしで私をみつめる母がいた。

私は、涙が込み上げてしょうがなかった。

泣き顔を母に見られたくなかった。そっと立って仏間へ行き、父の位牌がある仏壇の前で、声を殺して泣いた。

昔から親しくしている隣家のおばさんに事情を話して、とにかく次に私が帰省するまでの二週間ほどは、一日に何度か様子を見てもらえるようにと頼んだ。

三日まえに帰ってきて、ケアマネージャーと協議した。私ができる限り帰ってきて母の面倒をみる。しかし、私がいられないあいだは、介護士に通ってもらうのと、デイサービスを組み合わせて介護することにした。必要があれば一泊の「おとまりデイサービス」もある。皆で支えていきましょう、とケアマネージャーに励《はげ》まされた。

そして、今日の午後。母は、介護サービスの車に乗って、一泊のデイサービスへと出かけていった。

にこにこと笑って、車窓の向こうで手を振って見せた。私も手を振って、それを見送った。ただそれだけのことだった。それなのに、またしても涙が込み上げてしまった。


夕食は、大きな窓のある食事処で準備されていた。私たちのテーブルは、昼間なら海が見渡せるであろう窓際の席だった。

食事は牡蠣《かき》づくしのコースだった。私が「自称・牡蠣の生まれ変わり」というくらい牡蠣が好物なのを知っていて、ナガラが気をきかせて頼んでおいてくれたのだ。

赤穂は牡蠣の産地としても有名だ。生牡蠣、蒸し牡蠣、牡蠣フライ、牡蠣鍋と、牡蠣のオンパレードで、三月いっぱいでシーズンが終わる冬の味覚の最後のひとすくいを堪能《たんのう》した。

母の一件で、ここのところあまり食欲もなかった私だったが、ひさしぶりに、おいしい、おいしいと連発しながら、ひとつ残さず平らげた。

食後のお茶で一服しているとき、それまでいつも通りテンポよくつながっていた会話が、ふと途切れた。けれどナガラとのあいだにときおり訪れる沈黙は、なんら重苦しくなく、会話の熱を冷ましてくれるささやかな休息のようだった。

私たちは、それぞれに、濃い緑茶を啜りながら、窓の向こうに広がっている夜の海を眺めていた。とはいえ、海景はもう漆黒《しっこく》の中に沈んでしまったので、実際には、黒一色の中に浮かび上がる浴衣《ゆかた》を着た自分の姿を、透視でもするようにみつめていた。

「ハグ、痩せたなあ」

ナガラが、ぽつりと言った。はっとして、窓ガラスの中のナガラを見た。ナガラは、やさしげな視線を、やはり窓ガラスに映った私に投げかけていた。

「お母はん、なんかあったんか」

静かに問いかけられて、私は、思わずうつむいた。

「……なんでわかったん？」

そう訊くと、

「そりゃ、わかるわ。去年の夏の旅以降、なんやらえらい頻繁に『いま姫路』とか『今週末実家に帰る』とか、メールくれたやないの」

ああ、そうだった。東京と姫路を行き来するあいだに、大阪で途中下車してちょっとナガラに会えないかと――顔を見て、たあいもない話をしたり、次の旅のプランを練ったりできないかと考えて、メールを送ったのだ。結局、ナガラのほうも忙しさがピークに達していたので、実現しなかったのだけれど。

私は、観念して打ち明けた。

「なんやら、一年くらいまえから、なんだかおかしいなあ、て感じとってん。やたら電話してきたり、つじつまが合わへんことを言うたり……心配でたまらなくって、できるだけ帰るようにしとってんけどな……もう、限界で」

そこまで言って、ふいに涙が込み上げてきた。が、涙ほど「女ふたり旅」に似つかわしくないものはない。ぐっと飲み込んで、私は続けた。

「経済的にも、身体的にも、東京と姫路を月に何度も行き来するのは、やっぱり限界があるし。とはいえ、いまの仕事は東京に主軸があるから、すぱっとやめて姫路に帰るわけにもいかへんし……」

そうか、とやわらかく相づちを打って、ナガラは何も言わなかった。

ちょっと肩透かしを食らった気分だった。いつものように、「イケるやろ」などと言ってもらえるのを期待していたことに気がついた。

「イケるやろ」とは、ナガラの口癖だった。大阪人はよく使うのだが、「大丈夫」とか「テイク・イット・イージー」のようなニュアンスを含んだ言葉だ。旅の最中に、ちょっとそれはムリ、というような局面で、「イケるやろ」とナガラがどこまでも楽観的に口にするのが、私は好きだった。なんの根拠もない、けれど流れるままに波に乗っていけば、最後にはなんとかなる。そんな感じで、ほんとうに、いつも結局どうにかなってきた。旅するふたりの魔法の言葉のようですらあった。

ナガラは、あーあ、と大きく背伸びして、

「お腹いっぱいになったら、なんや眠とうなってきた。部屋に帰らへん？」

そう言って、私の返事を待たずに立ち上がった。私も、それ以上、湿《しめ》っぽい話をするのは気が引けたので、「そうやな、行こか」と、立ち上がった。

部屋に戻ると、ふかふかの布団が並べて敷いてあった。私たちは、同時に、布団めがけてダイブした。この「食後の布団ダイブ」もまた、私たちの旅の恒例行事なのだった。

「マッサージ、頼もうか」

ナガラが言った。

「うん、ええな。そうしよ」

私は答えて、すぐにフロントに電話をした。まもなく、こんばんはあ、とふたりの熟女マッサージ師が現れた。四十分間、頭のてっぺんから足の先までほぐしてもらう。至福の時間だ。

マッサージの最中、隣のナガラのすうっ、すうっという寝息が聞こえてきた。よっぽど疲れとってんなあ。

そう思いながら、私のほうも、ときどき意識がふうっと遠のいた。

マッサージが終わると、すっかり体が楽になって、気持ちも軽くなっていた。電気消すよ、とナガラの声がして、パチン、とスイッチが切れる。部屋の中は、窓の外と同じように、漆黒の闇に満たされた。

「ほな、おやすみ」

「うん。おやすみ」

ごそごそ、寝返りを打つ音がする。しばらくして、静かになった。

私は、仰向けに寝て「小」の字になっていた。体がすっきりしたせいか、奇妙に頭が冴《さ》えていた。暗闇の中、じっと目をこらすと、うっすらと真上に下がっている電気のかさの四角いかたちが見えてきた。

そういえば、ここは波打ち際ぎりぎりの宿だ。潮騒が聞こえないか、耳を澄ましてみる。しかし、物音ひとつ聞こえてこなかった。

「瀬戸《せと》内海《ないかい》やもんなあ……波打ち際でも、音がしないのか」

なんとなく、ひとりごちた。いままでナガラと海辺の町に旅したときには、うるさいくらいに潮騒《しおさい》が聞こえてきたことが何度かあった。日本海や、太平洋に面した宿で、潮騒を枕に聞きながら寝付いたことを、なつかしく思い出していた。

「ほんまに、静かやなあ」

眠ってしまったとばかり思っていたナガラの声が、闇の中で聞こえた。

会えばいつまでもおしゃべりが尽きない私たちは、布団に入ったあとも、半分寝ながらでも会話を続けることがよくあった。疲れ切っているはずなのに、友はいつもの調子で、私の独り言にちゃんと反応してくれたのだった。

「私の淡路の実家も、けっこう海の近くやねんけど、やっぱり波の音なんか聞こえたことあらへんわ」

そういえば、私は淡路島にもナガラの実家にも行ったことがない。ナガラもまた、姫路にも私の実家にも遊びにきたことはなかった。

旅には非日常を求めていたからか、私たちは、お互いのもっともプライヴェートな領域には自然と立ち入らないようにしてきたのかもしれなかった。

私は、見たこともないナガラの実家を脳裡に思い描いた。ごくふつうの日本家屋で、縁側があって、庭があって、庭の植栽の向こう側に海が——青いガラスのかけらのような海が見える、そんな家。

一度は倒れたお母さんだったが、いまはナガラのお兄さんと、実家でのんびり暮らしているという。ナガラも月に一度は帰省して、のんびり、ゆったり、近所の浜辺を散歩する、と以前教えてくれた。

そのことをふと思い出して、暗闇の中、真上の電気のかさのかたちに視線を放ちながら、私は訊いてみた。

「帰省したときは、お母さんと散歩に行って、波打ち際を歩いたりするの？」

ふふっ、とかすかな笑い声が聞こえた。

「波打ち際なんか、お母はん連れてたら危なくって歩かれへんわ。波に足を取られてしまうし」

「あ、そうか。それもそうやね」

ふふ、と私も笑った。

「でもなあ。波打ち際を歩けるうちに、もっとちょくちょく帰ればよかったなあ、て思うねんよ」

しばらくの沈黙のあと、ナガラが言った。とても静かな、やさしい声だった。

「仕事が忙しいとか、彼とのデートが忙しいとか、なんやかんや理由を作って、めったに帰らへんかったもんなあ。せやけど、親がだんだん年をとってくると、お母はんと私、母と娘でいられる時間はだんだん減っていくんやなあ、とつくづく思う」

仕事をすることも、仲間と付き合うことも、私らふたりで旅をすることも……どれも人生にかかせない大切なことやと思う。

だけど、いままでずっとひとりで過ごしてきたお母はんに、ふたりで過ごす時間を返してあげることは、きっとどんなことより大切なんとちゃうかなあ。

ナガラの言葉に、私はじっと耳を傾けていた。まるで、すぐ近くでこだまする、やさしい潮騒のような声だった。

「……なんとかなるかな」

私は、自分に問いかけるように、囁き声で言った。

「もしも、東京を引き上げて、姫路に帰ったとしても。……どうにか、やっていけるかな」

うん、とナガラがうなずくのがわかった。

「大丈夫。イケるって」

暗闇の中、真っ黒な天井の一点をみつめて、私は、胸の中が熱いものにふわっと満たされるのを感じていた。

しばらくして、すうっ、すうっと、心地よさそうな寝息が聞こえてきた。友の寝息に聴き入るうちに、とろりと眠気のヴェールが降りてきて、私もいつしか眠りについた。


翌朝、晴れ渡った空いっぱいに春の日差しが満ちていた。

「また、お天気に運を使うてしもうたなあ」

旅館の玄関を出てすぐ、青空を見上げてナガラが言った。

「こんなことにちょこまか運を使うて、結局、婚期逃してしもうたんやなあ、私たち」

ぶつくさとぼやく友の背中を叩いて、「ま、人生まだ終わったわけじゃなし」と、私は明るく言って笑った。

「ええ？　まだあきらめてへんの？」

ナガラが呆《あき》れた顔をするので、

「ええやん。まだまだ、あと何年かは四十代やもん」

私は、涼しい顔をしてみせた。

岬の上にある眺めのいいイタリアンレストランに、ナガラがランチの予約をしてくれていた。けれど私は、母を迎えにいくからと、先に帰ることにした。

——今日、母に話そうと思う。もういっぺん、一緒に暮らそうって。

朝食のテーブルで、私はナガラにそう宣言した。ナガラは、うん、それがええ、とさりげなく応えて、好物の鰺《あじ》の干物《ひもの》をけんめいにつついていた。

ナガラはレストランに電話をして、おひとりさまでも大丈夫ですか？　と問い合わせた。もちろんどうぞ、との答えを得て、ハグのぶんまで堪能するし、とうれしそうに言った。

「たまにはひとりで優雅にランチもええもんや」

と、それはそれで楽しもうという様子。友のそういうところが、私は大好きだった。

「ちょっとだけ、波打ち際を歩かへん？」

私はナガラを誘ってみた。旅館の裏手に遊歩道があり、そこから猫の額ほどの浜辺に出られるようになっていた。

きのう、それをみつけたときから、明日天気になったら歩いてみたいな、と思っていたのだ。友と一緒に。

「ええね。行ってみよか」

小さな浜辺に、さざ波が寄せては返している。ストッキングをしっかりはいている私たちは、若い人たちのように、さっそうと裸足になれないのが残念だった。けれど、ローヒールの靴でやわらかな砂を踏み、レースのような波の泡がつま先に届きそうなところまで、ふたり並んで近づいていった。

「ああ、ほんまにえーえ天気やなあ」

いかにも気持ちよさそうに、ナガラがうーんと伸びをする。私も真似して、思い切り背伸びをした。

「春の海　ひねもす　のたりのたりかな」

ナガラが、何やら楽しげに一句、口にした。「お、風流やね」と私が言う。

「せやろ。小林一茶《こばやしいっさ》やし」

「え？　与謝蕪村《よさぶそん》とちゃうの」

「え、せやったかな？　いや待てよ、ひょっとして松尾芭蕉《まつおばしょう》……」

「だから、蕪村やて」

さざ波が、ふたりのつま先に届きそうになっては、また引いていく。きらきらとさんざめく春の海が、私たちの目の前に、ただおだやかに広がっている。

# 皿の上の孤独

Barragán's Solitude

真昼のストリートは、しらじらと明るい陽の光にさらされ、静まり返っていた。日曜日の午前十一時、通りには人っ子一人いない。一匹の黒猫が、のんびりと道路を横断していく。どこからか、トルティーヤを焼く香ばしいにおいが漂っている。赤紫色の鮮やかな葉をたくさんつけているブーゲンビリアの木陰で、私たちの乗った車が停まった。

「着きましたよ。私はここにいます。いいですか?」

運転手のホセが、振り向いて、片言の英語で言った。

後部座席で私の隣に座っていたアマンダが、「オーケー、ここでいいわ」と答えてから、流暢なスペイン語で何やら語りかけた。ホセは何度かうなずいて、バックミラーの中で私と目を合わせると、にこっと笑いかけた。私も微笑んで、「グラシャス」と、いちおうスペイン語で応えてみた。ホセも「グラシャス、グラシャス」と早口に応答して、早く行け、と言わんばかりに、さかんに手を振った。

「早くラジオをつけたいのよ」くすっと笑ってアマンダが言う。

「もう始まったところかな」私は、ちらりと腕時計を見た。

その日、ワールドカップ・ブラジル大会の決勝トーナメントが開催されていた。メキシコ対オランダ戦。好カードなのだそうだ。私は、あまりサッカーに興味がないので、メキシコとオランダ、どっちのほうが強いのか、どんな選手がいるのか、詳しいことはまったくわからなかったが、それでも、メキシコの人々がこの一戦をどれほど楽しみにしていたか、またどれほどのめり込んで観戦しているか、よくわかった。

その日の朝八時頃、朝食をとりにアマンダとメキシコシティの中心部にあるレストランへ出かけたのだが、続々と緑色のメキシコチームのユニフォームを着た群衆が集まり、市役所前の広場を目指して、足取りも軽く歩いていくのに行き合った。パブリック・ビューイングが行われるそうで、どの顔も、期待と興奮で輝いていた。

「メキシコの人たちは早起きなんですね。日曜日なのに」

私が言うと、

「まさか。今日は特別よ。十一時キックオフが待ち切れなくて、早々に集まって、お祭り騒ぎをするんでしょう」

落ち着き払ってアマンダが応えた。

広場を見渡せるレストランでも、従業員は誰もがそわそわして、仕事が手につかない様子なのが、なんともおかしかった。

日曜日のストリートが静まり返っているのは、休日だから、というわけではない。メキシコ対オランダ戦が繰り広げられているからである。実際、フランシスコ・ラミレス将軍通り十四番地に到着するまでのあいだ、いつもならば大渋滞で一キロ進むのも容易ではない、とホセが言っていた幹線道路も、すいすいと走ってきたし、どの通りにも人影がまばらで、太陽の光に照らし出されて静まり返った街なかの様子は、さながらデ・キリコが描いたシュールレアリスムの絵にも似て、白昼夢でも見ているかのようだった。

車から降りて、頭上に覆《おお》い被さるように咲き乱れているブーゲンビリアの花があまりにも見事だったので、スマートフォンのカメラを向けて画像を撮っていると、

「こっちよ、サキコ。早く」

通りの向かい側の建物の入り口で、アマンダが私の名を呼んだ。私は、振り向きざまに、フランシスコ・ラミレス将軍通りに沿って横たわっているその建物を見渡した。

ベージュがかった灰色に塗られた、きっちりと真四角でソリッドな躯体《くたい》。ガレージだろうか、通りに面した大きな三連の扉は、クリーム色にペイントされている。ミニマルな外構のデザインは、ひんやりと冷たく、燦々《さんさん》と降り注ぐ初夏の日差しの中、ひときわ静かな存在感がある。

——これが、あなたが見たかった建築なんだ。

口には出さずにつぶやいて、四角く静まり返っているその建物に向かって、スマートフォンをかざす。

——カシャ。

デジタルのシャッター音が、無人のストリートに響いた。画像を、すぐにメールする。

**宛先：青柳《あおやぎ》　透《とおる》**
**差出人：野中咲子《のなかさきこ》**
**件名：ルイス・バラガン邸**

**とうとうここまで来ました。メキシコシティ、バラガン邸。**

一緒に来られなくて、残念。だけど、一緒に来てるつもりで。
いってきます。

ひと月まえ、かつてのビジネスパートナー、青柳君と、ひさしぶりに会った。彼と私、それぞれが独立直後、一緒に事務所を構えた場所にほど近い、日本橋《にほんばし》の居酒屋で。

青柳君は、もともと大手ゼネコンの設計部に所属していた設計士だったのだが、いくつになってもやんちゃな性質と、会社の一社員ではなく、一個人の建築家として、この世界の隅々までを見て、味わって、楽しんでみたい——という、少年のような好奇心ゆえ、かなりの年収と出世コースに直結したポジションを捨て、独立した。十二年まえのことである。

一方、私は、大手都市開発企業に勤務し、開発部の課長職を務めていた頃に、とあるプロジェクトの会議の席上で、ゼネコンの設計士としての青柳君と出会った。

第一印象は、なんだか落ち着きのない人だな、というもの。ちっこくて、いつもそわそわしていて、やたら熱量が高い。プレゼンのときは、はきはきと、物怖《ものお》じせずに自分の意見をどんどん言う。そしてそれはいつも的確で、実質的で、それなのに人をわくわくさせる仕掛けをどこかに忍ばせている。何度かやり取りしているうちに、仕事のできる人だな、という印象に変わった。

私たちはプライヴェートでも飲み仲間になった。会えば必ず、青柳君は、独自の建築論をぶち上げて、いつか自分の建築が都市を変えるんだ、などと息巻いた。私の方は、もっぱら聞き役だった。発注元と発注先という関係もあって、必要以上に立ち入った話はできない。もちろん、男女の関係になるなんて、とんでもなかった。

残念なことに、私は、青柳君に男性としての魅力をさほど感じなかった。いつもあきれるくらい元気で、好奇心いっぱいで、夏休みの少年のような人。恋を囁く相手にするには、かなりのエネルギーが必要だっただろう。が、向こうも同様で、こっちを女性として見ている感じはなかった。それがいっそ心地よかった。

その頃、私には夫があったが、いつも夫以外の誰かと恋愛をしていた。

べつだん、夫に不満があったわけでもないし、仕事上のストレスがあったからとか、そういう理由がとりたててあったわけでもない。「女」としての「義務」のように、「女」であることを確かめるように、私はいつも恋をして、誰かと関係を持っていなければならなかった。ただし、夫との離婚を考えるほどのめり込む相手はいなかった。

だから、青柳君との関係――男女の仲を超えた「同志」のような関係は、新鮮だったし、何か不思議な可能性を感じさせるものだった。どういう可能性かわからなかったが、とてつもなく豊かな、創造性にあふれる、一緒に何かにコミットしていくような――。

そのうちに、青柳君から「独立する」と宣言された。

――許してください。ムズムズするんです。……飛び出したくて。

巣立ちまえの幼鳥って、こんな感じじゃないだろうか。そんな様子だった。

大手ゼネコンの看板と高額のサラリーを捨てても、自分の力を試してみたい。そう言い切って飛び立っていく青柳君が、ちょっとうらやましく、憎たらしく、そしてまぶしかった。

私も、飛んでみたいな。

いつしかそう思うようになった。

職場の閉塞《へいそく》感や、面倒くさいばかりの人間関係、将来へのぼんやりとした不安。そういう一切合切を捨ててしまえたら。迷わず実行に移してしまった青柳君の、向こう見ずな軽やかさに憧れた。

けれど、彼の妻は、彼の向こう見ずさが耐えられなかったようだ。小学生の息子を連れて、あっさりと出ていってしまった。そんなわけで、彼は、ほんとうのほんとうに「独立」を余儀《よぎ》なくされた。そんなこともまた、私の目には新鮮に映った。

結局、青柳君が独立して一年と経たないうちに、私も彼に合流することになった。とある大型の公共施設のコンペに、青柳君は建築家、私はプロデューサーとして、共同で応募したところ、これを勝ち取ったのだ。当面の仕事の基盤ができたので、一緒に事務所を立ち上げよう、ということになった。

あれから、十一年。

「ひさしぶりだなあ、日本橋。なんか、空気が変わりましたね。おしゃれっぽくなったっていうか……」

居酒屋のテーブルに座った彼は、うれしそうに言った。大学の後輩の結婚披露宴があり、そのために上京したのだが、東京へは一年ぶりに来たということだった。

いまは郷里の鹿児島で小さな設計事務所を営んでいる青柳君は、血色もよく、元気そうに見えた。私は、会ってしばらく、彼の様子をじっと見守った。

最後に会った——というか、別れたのは、五年まえのことだ。彼と共同で運営していた都市開発建築事務所を私が引き継ぎ、彼は、鹿児島へ引っ越す、ということになった。再婚した人と、ふたりの子供たちとともに。

その決断の三年まえ――つまり、いまから八年まえに、青柳君は、離婚した元妻とのあいだに新しい命を授かった。そして、彼らは、再び結婚したのだった。再婚ひとつとってみても、まったく普通ではないのが青柳君流だった。

そして、さまざまな経緯があって、結局、青柳君は帰郷することを選んだ。郷里でひとり暮らしをしている母親の面倒をみたかったのと、子供たちをのびのびと田舎で育てたかったのと、建築と開発には変わらずにかかわりながら、地方から発信してみたい、ということ。その三つの理由が、彼を再び思い切って飛ばせる推進力になった。

長年の同志が遠く離れてしまうことは、もちろんさびしかったし、これからも一緒にやっていきたいという思いも強かった。けれど私は、こうと決めたら誰に何を言われようと飛び立ってしまうのが青柳君なんだと、わかっていた。だから、彼の決心と結論とを、黙って受け止めた。

居酒屋で再会した青柳君は、生ビールをおいしそうに飲み、枝豆をつまんで、会わなかったあいだに起きたあれこれ、故郷での悪戦苦闘を、やはり熱量高くしゃべっている。五年まえに別れたときと、さほど変わった感じはしなかった。

私は、ひとまず安心して、肩の力をほっと抜いた。そして、自分がその瞬間まで異様に緊張していたことに気がついた。

「どうしたんですか。野中さん、さっきからなんにもしゃべらないけど……なんかあったんですか？」

訊かれて、私は、笑顔になった。

「だって、会った瞬間から、青柳君、ずうっとしゃべりっぱなしじゃない。私が口挟む余地、ぜんぜんないよ」

あ、そうか、と言って、青柳君は、分厚いメガネのフレームを人差し指でくいっと上げた。照れくさいときの仕草。ちっとも変わっていない。

「あのさ。ひとつ、訊いてもいい？」

ひとしきり青柳君の熱弁を聞いて、ビールから酎ハイに移るタイミングで、私は切り出した。

「ええ、どうぞ」

青柳君は、にこにこしたままで答えた。私は、いちばん訊きたかった質問を、思い切って口にした。

「――見えてるの？　いまも」

青柳君は、分厚いメガネレンズの向こうの瞳を私に向けた。澄んだ目、だった。

「……うん。どうにか」

でも、もうヤバいです。

そう言って、少しさびしげに微笑んだ。

八年まえの夏。彼が、私に告げたこと。

僕、失明するんです。緑内障《りょくないしょう》で、もう進行を止められない――。もって一、二年だと、あのときは言っていた。けれど、奇跡的に、青柳君の視力は奪われなかった。

それからの彼は、ほんとうによく働き、走り、見た。みつめた。みつめ続けた。この世界のすべてを記憶するんだと決めているかのように。

八年経って、まだ、彼には視力が残っていた。

もうヤバいです、と言いながらも、見えている。

その事実がうれしくて、ほんの一瞬、泣き出しそうになった。

コンクリートの四角い壁に張り付いたような、小さな黄色いドアを開けて、メキシコを代表する建築家、ルイス・バラガンの自邸へと入っていく。

狭いアプローチを通り抜けると、突き当たりが玄関ホールになっていた。すっと抜けた天井に続く控えめな階段、踊り場には金色一色のミニマルなペインティングが掛けられている。ホールの壁は、なんともいえぬ鮮やかな、やさしいピンク色。「バラガン・ピンク」といわれている、ルイス・バラガン独特の色だ。

二階へと続く美しいオブジェのような階段の上には高窓があって、そこから真昼の日差しが真っすぐに下りてきている。白い帯のような光が、金色一色のペインティングに反射して、目がくらむほどまぶしい。

「わあ、すごい。小さいのに、すごい奥行きと広がりがありますね」

ぐるりと四方を見回して私が言うと、

「ここが迷路の入り口よ。バラガンは、この自邸を、自由自在にデザインしているの。自分の好きなようにね」

アマンダがそう言って、微笑んだ。

日系アメリカ人のアマンダとは、三年まえにロサンゼルスを旅行したとき、あちこち案内してもらって以来のお付き合いだ。現在七十一歳、ダラス在住のアートコーディネイターで、私の友人でやはりアートコーディネイターの真奈美《まなみ》ちゃんに紹介してもらった。以前はロサンゼルス郡立美術館《LACMA》の展覧会《エキジビション》ディレクターを長年務めていた、アートの超ベテランである。七十歳で美術館を退職したあとは、郷里のダラスへ戻って、息子夫婦と孫ふたりとともに、穏やかな生活を送っている。

もともとスペイン美術が専門で、マドリッドにも在住経験のあるアマンダは、スペイン語が堪能で、メキシコへも仕事でよく来ていたという。今回、私がメキシコシティへ旅すると決めて、一緒に行きませんか？　と誘ったところ、この二、三年は行ってないからひさしぶりに行きたいわ、と同行してくれることになった。ありがたいことに、アマンダは、メキシコシティにも詳しい上に、スペイン語ばかりか日本語も流暢に話す。少女時代には日本に住んでいて、日本の友人もたくさんいるから、日本語を忘れずにすんだのよ、と。

今回の旅行にアマンダを誘ったとき、どうしてメキシコシティに行きたいの？　と訊かれて、私は、即座に答えた。

――ルイス・バラガン邸を見に行きたいんです。

メキシコ料理も、テオティワカン遺跡にも、もちろん興味あるけど、生きてるうちに、見ておきたいんです。

あらまあ、おおげさね、とアマンダは笑った。

――でも、わかるわ。誰にだって、生きているうちに行っておきたい場所ってあるもの。

人生は、いつまで続くかわからないものだからね。行けるときに行っておくのは――行くべきときに行くのは、大事なことよね。「いま」ならば――いま、行くべきよ。そして、バラガン邸ならば館長が知り合いだから、見学の予約を入れておくわ、と万事整えてくれたのだった。

そんなわけで、私は、これ以上ないと思われる案内役とともに、憧れの建築家、ルイス・バラガンが、その生涯の半分である四十年間を過ごし、その一室で息を引き取ったという彼の自邸を訪れることができた。

メキシコが誇る二十世紀建築界の巨匠、バラガンの自邸は、世界遺産にも登録されている。メキシコシティの中心部、なんの変哲もない住宅街の中に、あっさりとした四角いコンクリートの箱が建っている。それが、私が――いや、実は私ではなく、青柳君が、「生きているうちに、これだけは見ておきたい」と切望した名建築だった。

外観は、これといって驚きがない。きわめてシンプルな箱。けれど、中に入ると印象は一変した。

黄色、ピンク、白。日本人の建築家だったら絶対に使わないような配色で、壁の色を際立たせ、空間にリズムをもたらしている。派手な色なのに、どこまでも上品だ。これがバラガン・マジックというやつか、と私は、建築科の学生のように、あちこちきょろきょろと見回して、すごい、すてき、きれい、と、単純な形容ばかりを繰り返しては、ため息をついた。

——いいなあ、バラガンの家。

僕、これが、いちばん見たい建築なんだよな。「生きているうちにこれだけは見ておきたい建築リスト」の筆頭。

青柳君の言葉が、ふいに蘇る。なんとなく、意外だった。

青柳君は、大きな橋とか、空港の管制塔とか、やたら巨大な建造物が好きだったはずだ。人の力でこんなものを造り出せる、そのエネルギーと可能性に感動するんです、と言っていたのを覚えている。自分もいつか、そんなものを造ってみたいんだと。

バラガン邸は、巨大な建造物とはほど遠い。どちらかというと地味な、ランドマーク的建築とは真逆の建物だ。そして公共の場とは真逆の、建築家自身のとてもプライヴェートな空間。こぢんまりとしていて、内側へ、内側へと、広がりよりも深みを増していくような。

案内役の青年が、こちらへどうぞ、と英語で、玄関ホールのピンク色の壁の一部になっているドアを開けた。その向こうに、リビングルームが現れた。端正な立方体の部屋。突き当たりに、十字のフレームで切り取られた真四角の大きな窓がある。その向こうに広がる緑の風景。なんの木だろう、こんもりと葉が生い茂って、しだれ柳のように地上近くまで枝を垂らし、かすかに風に揺らいでいる。リビングとパテオは、大きな窓で仕切られているものの、地続きになっていて、木々を透過してこぼれ落ちる太陽の光が、パテオの石畳と窓辺の木製の床と、両方にやわらかな日だまりを作っている。

「わ、気持ちのいい空間」

思わず私が言うと、

「そうね。バラガンは、風景の切り取り方がうまいから。このリビングは、その好例ね」

アマンダが応えた。

「全景を見渡すパノラマより、正しく枠取られた風景のほうが美しい。そんなふうに、バラガンは言っていたそうよ」

建築家の言葉を、そのままかたちにしたかのような空間だった。

バラガンは、大規模な宅地開発を自ら手掛けたり、大型の公共建築も設計したり、どちらかというとスケールの大きな建築家だった。にもかかわらず、彼の作品の中で、もっとも見た人に強い印象を残すのは、この自邸を始め、個人の邸宅だというのが、建築好きの人々のあいだでの定説になっていた。

青柳君の意見も、同様だった。

開発と設計の仕事に携わって二十年、私もそこそこに建築を見る目を養ってきたと思っていたが、バラガン邸に足を踏み入れたときに感じた新鮮な印象と、空間がもたらす不思議な安定感は、まったく未体験のものだった。リビングの真ん中に佇んで、十字に切られた窓に向かい合ったとき、胸の内側にわき起こった感情は、不思議を通り越して、神秘的なほどだった。

窓の向こうで揺れる緑と木漏れ日をみつめるうちに、いま自分のいる場所がどこなのかを忘れてしまいそうになる。

ふと、目を閉じてみた。

見えなくても、感じることのできる空間。この場所は、そういう場所——のような気がしたから。

——青柳君。

やっぱり、あなたを連れてくればよかったな。

五年ぶりに青柳君と再会した夜。またたくまに、時間が過ぎた。居酒屋でサシ飲みしつつ、しゃべってもしゃべっても、話は尽きなかった。まもなく閉店です、と店員に言われ、腕時計を見ると、午前一時過ぎだった。

「えっ、もうそんな時間？　やべっ、ヨメに電話するのも忘れてた」

青柳君は、あわててスマートフォンを取り出すと、ショートメールを打ち始めた。画面に顔をくっつけるようにして。やはり、視力の低下は進んでいるようだった。

「奥さんに、マメに連絡してるんだね」

つまんないの、というニュアンスを込めて言うと、

「ま、いったん別れて、またくっついた『運命のヨメ』ですからね。大事にしてます」

と返してから、

「あ、『運命の』じゃなくて、『因縁の』って言ったほうがいいか」

訂正して、苦笑した。

「野中さんは、どうなんすか。再婚のあては？」

店を出る段になって、核心に触れてきた。私は笑って、

「まさか。もう四十八だよ私。この年齢でいい相手に出会うのは、なかなか難しいよ」

と答えた。

私のほうは、八年まえ、青柳君が再婚したのと同じ時期に、離婚したのだった。

理由は、いくつかあった。夫が浮気していたこと、それが浮気ではなく本気だったこと。私にも年上の建築家の恋人がいたこと。その彼にも家庭があったこと。それに――。

青柳君は、私が四十代のほとんどをずっと独り身で過ごしてきたことを知って、驚いたようだった。

「え、野中さん。いまもきれいじゃないですか。年齢不詳だし、変わらずにスタイルもいいし……ほら、いつか一緒に沖縄に行ったとき、ビキニ着てたでしょ。まぶしかったなあ。もう一回、拝《おが》みたい」

相変わらずの軽口ぶりだ。私は、もう、と言って彼の背中を勢いよく叩いた。

「ビキニなんて着ないよ。ビキニどころか、水着になるなんてあり得ないし」

何気なく言ったのだが、私の言葉に、青柳君は、はっとした表情になった。そして、

「すみません。言い過ぎました」

すなおに詫《わ》びた。私は、微笑した。

こういうところも、まったく変わってないなあ。

店を出てもしゃべり続けて、あてもなく、ただ話し続けるために、中央通りを並んで歩いた。

午前一時過ぎともなると、さすがに人通りはない。「空車」の赤い文字を点した夕クシーが、何台も行き過ぎる。

私は、なんとなく、その中の一台を呼び止めて、ふたりで後部座席に乗り込んで、そのまま——どこへ行くのかわからないけれど、そのまま、青柳君と一緒に、どこか遠いところまで行く、という空想を、ほんの一瞬、思い浮かべた。

「そうだ。これから事務所行って、飲み直す？」

かつて青柳君と一緒に運営していた会社「ユニテ都市研究所」は、歩いて十分ほどの場所にあった。私は、青柳君から代表権を引き継いで、いまもその会社の社長を務めていた。十人いた所員は六人に減り、さほど大きくはないけれど、充実したいい仕

事を続けているとの自負があった。青柳君も、私たちが変わらずにがんばっていることを、とても喜んでくれた。

「え、いまからですか？　いやあ、でも、まだ誰か残業してるんでしょ？　その隣で社長と飲むのは、ちょっと……」

青柳君が、さすがにそれはまずい、という感じで言うので、私は、すかさず言い返した。

「うちはこんな夜中まで所員に残業させません。所員は全員、私も含めて、体以外に資本がない弱小企業ですから」

青柳君は、「確かに。体しか資本ないっすよね、僕ら」と笑ってから、

「あ。でも、『知性』も付け加えといてください。生意気ながら」

と言った。私は、「もちろん」と笑った。

「じゃ、遠慮なく。ご一緒させてもらいます」

そう言うと、青柳君は、手を挙げてタクシーを止めた。私は「どうしたの？」と尋ねた。

「事務所の場所忘れたの？　ここから歩いて十分よ。タクシーに乗る距離じゃないよ」

後部座席に乗り込みかけて、青柳君が振り返った。そして、言った。

「すいません、僕……夜、歩くの、もうあんまり見えなくて」

今度は、私のほうが、はっとした。

「……ごめん。気がつかなくて……」

タクシーに乗ってから、私は詫びた。青柳君は、「いえ、いいんです」と応えた。

「事務所に行きたいなあって思ってたけど、なかなか言い出せなくって。……誘ってもらって、うれしいです」

もう少し、野中さんとふたりでしゃべりたいし。

そう言って、少し照れくさそうな笑顔になった。


ルイス・バラガン邸の内部を見て回るのは、まるで魔法の箱を連続して開けるかのような体験だった。

巨大なフレームに庭の緑を閉じ込めた大きな窓が印象的なリビングを背後に、奥のほうへと建築家の書斎が続く。壁いちめんの本棚、きっちりと丈を合わせて並べられた背表紙。一見無造作に詰め込まれた本の一冊一冊までにも、バラガンの繊細な審美眼が働いているのがわかる。

本ばかりではない。壁の絵一枚、テーブルの上に載せられた球体や円錐《えんすい》形のオブジェひとつにも、彼の透徹した美学が表れていないものはない。

書斎の脇には空間に浮遊するかのような木製の階段がつけられており、これを上ると中二階の音楽室に行けるようになっている。クラシック音楽が好きだったバラガンは、その小部屋でレコードをかけて楽しんだそうだ。

「とても規則正しい生活と仕事ぶりだったそうよ」

バラガンがいつも腰かけていたという、青みがかったグレーの布張りのソファをみつめて、アマンダが言った。

「朝七時半くらいから仕事を始めて、ランチは仲間と一緒に取って、午後四時には仕事を終えて……それからは、自分の時間。このソファに座って、本を読んだり、画集を見たり、中二階で音楽を聴いたり」

ソファに身を委ねて、お気に入りの画集を広げたバラガンの姿が、ふっと浮かび上がる気がした。

「バラガンは、結婚しなかったんですよね。恋人はいなかったのかな」

訊くともなしに疑問を口にすると、

「たくさん恋はしたようだけどね。結婚にはいたらなかったようね」

アマンダが答えた。彼女は、美術館でバラガンの建築展の企画を担当したことがあったため、その作品についても人となりについても、かなり詳しかった。

御殿のような大きさではないものの、ひとりで住むには広過ぎる家に、バラガンは生涯、ひとりで住んだ。住み込みのメイドと料理人がふたり、彼の身の回りの世話をし、彼がこの家で息を引き取ったときも、メイドがかたわらに付き添っていたという。

「孤独な一生だったんですね」

なんとなくさびしくなってつぶやくと、

「さあ、そうとも限らないわ」

やんわりと否定が返ってきた。

人は、孤独になれる空間を必要としている。

バラガンの言葉を、アマンダが教えてくれた。

この家の空間は、どこを切り取っても、やわらかく包み込むような孤独の匂いがしていた。

冷えた白ワインとナッツ、ソーダ水を近くのコンビニで買って、青柳君と私は、かつて隣同士にデスクを並べていた事務所へと移動した。

私がキッチンからグラスを持ってくるあいだに、青柳君は、本棚から一冊の本を抜き出して、膝の上に広げていた。『Casa Luis Barragán（ルイス・バラガンの家）』というタイトルの、英文のビジュアル・ブック。ロサンゼルスに行ったとき、私が買ってきたものだ。

「いいなあ、バラガンの家。僕、これが、いちばん見たい建築なんだよな。『生きているうちにこれだけは見ておきたい建築リスト』の筆頭」

ページを繰りながら、夢見るように青柳君が言った。

「メキシコシティだよね。行くの難しいかな」

グラスにワインを注ぎながらつぶやくと、

「難しいですね。いまの僕には」

あっさりと、青柳君が返した。

「僕の視力……ゆるやかにシャットダウンが始まっているんです。ＰＣの『終了』のアイコンをクリックして、三十秒後に画面が真っ暗になる、そんな感じですね」

感情のない声だった。

私は、グラスを青柳君のほうに差し出して、「怖いこと言うよね」と、ため息とともに言葉を吐き出した。

「私だって……おんなじだよ」

青柳君は、本の上に落としていた視線を上げて、私を見た。私は、目を逸らした。いつシャットダウンが始まるか、わからない。そんな状態で、この八年、どうにか生きてきた。

青柳君が、緑内障で失明の恐れがある、と医師に宣告された同じ頃、私の左の乳房に癌《がん》がみつかった。

ステージⅢaといって、摘出しなければ命にかかわる、という状態だった。

結局、私は、もっとも険しい道を選んだ。夫と離婚し、恋人と別れ、ひとりになってから、手術に臨む。容赦のない状況に、自分をあえて置いたのだった。

面倒なことはいっさい始末して、治療に専念したかった。そのために、夫や恋人との一悶着《ひともんちやく》は、さきに済ませておきたかったのだ。

事務所に迷惑をかけることになるから、もちろん、青柳君には、病気のこと、離婚のこと、すべて打ち明けた。ただし、恋人のことは話さなかった。蛇足《だそく》のような気がしたから。

――実は乳癌で手術を受けるの、全摘するんだ。

だけど、絶対に治して帰ってくるから。待っててくれる？

そう打ち明けたときの、青柳君の顔。

いまでもはっきり覚えている。片思いの女子に告白したら、ごめんね、あなたはやさしいけど、恋人にはなれないよ――ってふられたみたいな。残念で、情けなくて、悲しくて、半分泣きそうな、そんな感じの表情。雨の中に捨てられた子犬、みたいな。

とてもシリアスな場面だったのに、なんだかおかしくなって、思わず噴き出してしまった。

――なんすか。何がおかしいんっすか。

あんまり私が笑うので、青柳君は、ちょっとすねたように言った。

ごめんごめん、なんか、スイッチ入っちゃって、と私は、涙を浮かべて笑った。しまいには、青柳君のほうも、つられて笑っていた。

――帰ってきてくださいよ、絶対に。僕ら、みんな、待ってますから。

ひとしきり笑い合ったあと、青柳君が、ふいに真顔に戻って言った。

——野中さんと、僕と。競争だ。どっちがしぶとく、仕事し続けるか。

私は、大きくうなずいた。

——うん。負けないわよ。

そうして、いまの私たちがいる。

青柳君は、ヤバいです、と言いつつ、まだ見えている。私は、片方の乳房を失い、再発を恐れながらも、どうにかこうにか、生き延びている。

今日を生きた。だから、明日も生きよう。

日々、そんなふうに思いながら。

「案外、しぶといですよね、僕ら」

再びバラガンの本をめくりながら、青柳君がつぶやいた。

「こうして、生き延びて、それぞれに仕事して……いま、この瞬間、ふたりで、もう一度向き合って、飲んで、しゃべって……見てる」

僕は、あなたを。……あなたは、僕を。

言いながら、青柳君は、視線を本に落としたまま、私のほうを見ようとはしなかった。

開いたページに、バラガン邸のダイニングルームの写真があった。

明るいイエローに満たされた一室。窓辺に置かれた球状のガラス瓶。その向こうに広がる、みずみずしい緑。

――ねえ、じゃあさ。ひとつ、提案。

あなたの視力が――私の命があるうちに。

一緒に行かない？　メキシコシティへ。――バラガン邸へ。

そんな言葉が、のどもとまで出かかっていた。けれど、私はそれを飲み込んだ。

――言ってはいけない。

誘っては、いけない気がした。

そんなことをしたら、もう、引き返せなくなってしまいそうで。

こぢんまりと清楚で居心地のいい客間、ピンクとオレンジに塗り分けた立方体が、晴れ渡った夏空にすこんと抜けるような屋上のテラス。

建築家が、最後のひと息をついて天国へ旅立った寝室。

そして、明るいイエローに満たされた、窓辺に緑が溢れ返るダイニングルーム。

バラガン邸の空間の数々を巡って、最後に行き着いたのが、朝食室だった。

ダイニングルームに隣接しているその部屋は、驚くほど狭い。少し高いところにある小さな窓が、やはり庭の緑をくっきりと切り取って、あざやかな風景画のように見える。

窓辺にはコバルトブルーのガラスの瓶が、ぽつんと置かれている。窓際の壁に沿って、丸い皿がいくつか並べてあり、その手前に、ふたり掛けの木のテーブルと、椅子が三脚。ただそれだけの、小部屋。

「毎朝、この場所で、ひとりで食事をとったそうよ。きっかり七時、同じ時間に」

アマンダが、額縁のようなほどよい大きさの窓を眺めながら言った。

私は、空っぽのテーブルに視線を落とした。トルティーヤ、アボカドのサラダ、スープ、果物。シンプルだけど豊かな食卓が、浮かび上がってくるようだった。

ふと、窓際の壁に並んでいる皿に目がいった。「Soledad」と文字が描いてある。

「Soledad……」と私は、なんとなく口にして言った。

私が皿の上の文字を口にしたのだと気がついて、アマンダが、「ああ、そうね。Soledad」と、きれいな発音で復唱した。そして、英語で「Solitude」――「孤独」という意味だと教えてくれた。

「バラガンは、どんな小さなものでも、自分が好きなものだけを注意深く選んで、この家の住人にしたの。あのお皿も、そのひとつ。自分でデザインして、どこでだったかしら、メキシコのどこかの窯《かま》で特別に創《つく》ってもらったそうよ」

　私は、じっと皿の上の文字をみつめた。

バラガンの家では、本棚の背表紙以外には、ほとんど文字が見当たらなかった。その中で、建築家が唯一、自分の意志で招き入れた言葉。

しんとして、味わい深く、さびしく、うつくしい言葉だった。私は、そのひと言を、目で食べ、味わい、飲み込んで、自分のものにした。

遠くで、鐘の音が響き渡っていた。時を告げているのか、それとも、メキシコがオランダを下した、勝利の鐘だろうか。

「そろそろ、ランチにしましょうか」

静かな声で、アマンダが言った。私は、うなずいた。

「ええ。なんだか、すっかりお腹が空いちゃった」

私たちは、ルイス・バラガン邸を後にした。

ブーゲンビリアの赤紫の葉の木陰で、車が私たちの帰還を待っていた。ドライバーのホセは、がっくりと肩を落としていた。メキシコが負けたのだ。私たちは、失意の彼を、ランチに誘った。

誰もいない表通りを、私たち三人は、ぽつぽつと歩いていった。

太陽が真上にあった。私たちと、バラガンの家と、それ以外の家々とを、等しく、まぶしく照らし出していた。

# 解説

瀧井朝世
（フリーライター）

生き方を自由に選べる。それはとても理想的なことに聞こえる。しかし、自由は時として孤独をともなうし、それなりの苦労だってある。世の中、生き方が人それぞれになってくると人の人生観も多様化するわけで、身近な人と分かりあえなくなったりもする。「人は結局一人なのだ」という言葉がふと胸をよぎるけれど、でも、だからこそ誰かと心と心が繫がる瞬間は奇跡的なものなのだ。その喜びを改めて感じさせてくれるのが、この原田マハさんのこの短篇集『あなたは、誰かの大切な人』。二〇一四年に講談社から単行本が刊行され、本作はその文庫化である。

収録されている六つの短篇の主人公はみな、大人の女性である。結婚歴のある人物もいるがみな現在独身であり、自ら選び取った仕事に就いている。「最後の伝言」の平林《ひらばやし》栄美《えみ》は三十八歳の美容師。「月夜のアボカド」のマナは三十九歳のフリーランスのアートコーディネイター。「無用の人」の羽鳥《はとり》聡美《さとみ》は五十歳になったばかりで、美術館の学芸課に勤めている。「緑陰のマナ」の〈私〉はフリーランスの物書きで、四十代後半。「波打ち際のふたり」の波口《はぐち》喜美《よしみ》はフリーランスの広告ディレクター、四十五歳。「皿の上の孤独」の野中《のなか》咲子《さきこ》は四十八歳、都市開発を研究する会社の社長である。フリーランスや経営者が多いが、つまりはそこに至るまでの多彩な人生模様があるわけで、その経緯も描きこまれているからこそ彼女たちのキャラクターには奥行きが感じられる。独身女性というと結婚や出産という人生の選択について悩んでいると思われがちだが、彼女たちはそうでもない。おそらく少しは悩んだ時期もあったのだろうが、後悔するわけでもなく自分とは違う人生を選んだ女性にコンプレックスを抱くこともなく、今自分のいる状況を肯定的にとらえて日々を生きている様子なのが魅力的だ。もちろん、この先の人生への不安もあるだろうが、そうしたネガティブな感情も引き受けているような、おおらかさが彼女たちにはある。

主人公の独身女性たちの生き方がさまざまであるように、周囲の夫婦、あるいはそれに準じる関係の在り方も実に人それぞれだ。「最後の伝言」の、色男であること以外取り柄のない父と、その父に頼らずに娘たちを育ててくれた母という、娘たちから見たら納得のいかない関係。「月夜のアボカド」の、ロサンゼルスのメキシカン・タウンに住む女性の、六十歳で再婚した相手との長い長い物語。「無用の人」の、母に見放されて離婚した父。「緑陰のマナ」の、トルコ人の知人女性が語ってくれた、両親の料理にまつわるエピソード。「波打ち際のふたり」の、はやくに他界した父と、今認知症の兆候を見せている母。「皿の上の孤独」の、離婚して同じ人と再婚した元同僚……。

大人たちのいろんな生き方が、この一冊の中には詰まっている。生涯未婚の人が増えているという昨今、家族という単位も心もとないものになりつつあり、また本作の多くの主人公のようにフリーランスで働いていると同僚のような存在もなく、希薄な人間関係の中で日々を過ごすなか、次第に価値観が人と乖離《かいり》して、ますます他者とすれ違ったり衝突したりして、分かりあえないケースは増えていく。と、悲観的なことを書いてしまったが、それでも、意外なところで、人は人と繋がることだってあるのだ。本作でいえば「月夜のアボカド」や「緑陰のマナ」のような、世代も国も異なる女性たちが育む友情、「無用の人」で母親には理解されなかったが父が示してくれた現代アートへの理解、「波打ち際のふたり」のように、旅行の時だけ出会う女同士の、相手の人生に対する思いやり、「皿の上の孤独」の元同僚同士の男女の、この二人だけにしか分からないような絆《きずな》の在り方。家族といった助け合うことを前提とした既存の集団単位ではなく、恋愛のような情動に駆られた関係でもなく、人間同士として相手と向き合って関係を築いていくことの豊かさが、本作の随所で描かれていく。

ただし、単純に「自分の人生に大好きな人がいてよかった」という展開にはしていないところが秀逸だ。そんな相手がつねに傍にいるとは限らないし、大好きな人でも気持ちがすれ違う時はあるし、一生一緒にいられるわけもなく、看取らなくてはいけない時もある。だからこそ、大事な人と繋がる瞬間がいかに貴重かが伝わってくる。

その一方で、著者は、最後の「皿の上の孤独」でメキシコの建築家、ルイス・バラガンに言及する。住み込みのメイドと料理人はいたものの、生涯結婚はせずにひとりで暮らしたという彼は孤独を好んだのか、その住まいは〈どこを切り取っても、やわらかく包み込むような孤独の匂いがしていた〉と描写する。孤独の大切さもほのかに見せているのが、心憎いところなのだ。孤独を愛する人の豊かさを否定しない優しさがそこにはある。

元キュレーターであり、満を持して発表し山本周五郎賞を受賞した『楽園のカンヴアス』以降、さまざまなアートをモチーフにした小説で知られる著者だけに、美術や建築に関する描写には説得力がある。また、どこまでパワフルなんだろうと思わせるくらい精力的に取材し執筆していく行動力の持ち主で、仕事に突き進む主人公たちの姿が著者と重なる瞬間が何度もあった。また、ご本人が旅好きで、パリにアトリエを持ち、日本国内だけでなく世界各国も飛び回っている人だからか、旅先での出会いや出来事、料理といった描写もそそるものがある。ちなみに以前、友人と年一回国内旅行を長年実行していると聞いたことがある。「波打ち際のふたり」にはそんな自分たちの姿が多少は投影されているのかもしれない。

読みながら、あるいは読み終えた時、タイトルがじんわりと染みてきたのではないか。登場人物たちは、みな誰かに大切に思われている。孤独に見える人も、生者だけでなく、死者も。あるいは死者に大切に思われていたという話もある。刹那《せつな》的でもいい、一瞬でも誰かにそんなふうに大切に思われたことがあるのだったら、人生捨てたもんじゃないなと思いたくなる。タイトルの言葉が、自分自身に呼び掛けている言葉のようにも思えて、温かな気持ちになってくる。

でも、それだけではない。さまざまな出来事を経て自分を見つめていく女性たちの姿を追っていくうちに実感するのは、〈自分は、自分の大切な人〉ということだ。彼女たちはみな、自分と自分のこれまでを受け入れて、これからへと目を向けていく。その姿勢があるからこそ、人は本当に誰かのことを大切に思うことができるし、あるいは自分は誰かに大切に思われていることを信じられるのではないだろうか。だから、どんなに辛《つら》い人生だって、あなたには絶対、一人は味方がいると思っていい。それは自分自身という、最強の味方だ。あなたを大切に思っている人は、必ずいる。このタイトルは、著者から読者への真摯《しんし》なメッセージなのである。

【協力】
Irene Martin
DIC川村記念美術館
Ebru Ispir
日本トルコ文化交流会
ターキッシュ エアラインズ
長尾佳美
伊熊泰子

本書は二〇一四年十二月に小社より単行本として刊行されました。

|著者| 原田マハ　1962年、東京都生まれ。関西学院大学文学部日本文学科、早稲田大学第二文学部美術史科卒業。伊藤忠商事、森美術館設立準備室、ニューヨーク近代美術館に勤務後、2002年にフリーのキュレーターとして独立。'03年にカルチャーライターとして執筆活動を開始し、'05年に『カフーを待ちわびて』で第1回日本ラブストーリー大賞を受賞。'12年『楽園のカンヴァス』で第25回山本周五郎賞を受賞。芸術に関する描写力と情熱、ミステリーとしての魅力が高く評価された。著書に『夏を喪くす』『風のマジム』『太陽の棘』『本日は、お日柄もよく』『暗幕のゲルニカ』『サロメ』などがある。

あなたは、誰《だれ》かの大切《たいせつ》な人《ひと》

原田《はらだ》マハ



2017年5月16日第1刷発行
2025年4月24日第41刷発行

発行者――篠木和久
発行所――株式会社　講談社
東京都文京区音羽2-12-21　〒112-8001
電話　出版（03）5395-3510
　　　販売（03）5395-5817
　　　業務（03）5395-3615

Printed in Japan

講談社文庫
定価はカバーに
表示してあります

KODANSHA

デザイン―菊地信義
本文データ制作―welle design
印刷―――株式会社KPSプロダクツ
製本―――株式会社国宝社



ISBN978-4-06-293660-6

# 講談社文庫刊行の辞

二十一世紀の到来を目睫に望みながら、われわれはいま、人類史上かつて例を見ない巨大な転換期をむかえようとしている。

世界も、日本も、激動の予兆に対する期待とおののきを内に蔵して、未知の時代に歩み入ろうとしている。このときにあたり、創業の人野間清治の「ナショナル・エデュケイター」への志を現代に甦らせようと意図して、われわれはここに古今の文芸作品はいうまでもなく、ひろく人文・社会・自然の諸科学から東西の名著を網羅する、新しい綜合文庫の発刊を決意した。

激動の転換期はまた断絶の時代である。われわれは戦後二十五年間の出版文化のありかたへの深い反省をこめて、この断絶の時代にあえて人間的な持続を求めようとする。いたずらに浮薄な商業主義のあだ花を追い求めることなく、長期にわたって良書に生命をあたえようとつとめるところにしか、今後の出版文化の真の繁栄はあり得ないと信じるからである。

同時にわれわれはこの綜合文庫の刊行を通じて、人文・社会・自然の諸科学が、結局人間の学にほかならないことを立証しようと願っている。かつて知識とは、「汝自身を知る」ことにつきていた。現代社会の瑣末な情報の氾濫のなかから、力強い知識の源泉を掘り起し、技術文明のただなかに、生きた人間の姿を復活させること。それこそわれわれの切なる希求である。

われわれは権威に盲従せず、俗流に媚びることなく、渾然一体となって日本の「草の根」をかたちづくる若く新しい世代の人々に、心をこめてこの新しい綜合文庫をおくり届けたい。それは知識の泉であるとともに感受性のふるさとであり、もっとも有機的に組織され、社会に開かれた万人のための大学をめざしている。大方の支援と協力を衷心より切望してやまない。

一九七一年七月

野間省一

長谷川 卓 嶽神伝《がくじんでん》 鬼哭《きこく》(上)(下)
長谷川 卓 嶽神列伝 逆渡《さかわた》り
長谷川 卓 嶽神伝《がくじんでん》 血路
長谷川 卓 嶽神伝《がくじんでん》 死地
長谷川 卓 嶽神伝 風花(上)(下)
原田マハ 夏を喪くす
原田マハ 風のマジム
原田マハ あなたは、誰かの大切な人
畑野智美 海の見える街
畑野智美 南部芸能事務所 season5 コンビ
早見和真 東京ドーン
はあちゅう 半径5メートルの野望
はあちゅう 通りすがりのあなた
早坂 吝《やぶさか》 ○○○○○○○○殺人事件
早坂 吝 虹の歯ブラシ 〈上木《かみき》らいち発散〉
早坂 吝 誰も僕を裁けない
早坂 吝 双《そう》蛇《じゃ》密室
浜口倫太郎 22年目の告白 〈―私が殺人犯です―〉
浜口倫太郎 廃校先生
浜口倫太郎 AI崩壊
原田伊織 明治維新という過ち 〈日本を滅ぼした吉田松陰と長州テロリスト〉
原田伊織 列強の侵略を防いだ幕臣たち 〈続・明治維新という過ち〉
原田伊織 〈明治維新という過ち・完結編〉 虚像の西郷隆盛 虚構の明治150年
原田伊織 三流の維新 一流の江戸 〈明治は「徳川近代」の模倣に過ぎない〉
葉真中《はまなか》 顕《あき》 ブラック・ドッグ
原 雄一 宿命 〈國松警察庁長官を狙撃した男・捜査完結〉
濱野京子 with you《ウィズユー》
橋爪駿輝 スクロール
パリュスあや子 隣人X
パリュスあや子 燃える息
平岩弓枝 花嫁の日
平岩弓枝 はやぶさ新八御用旅(一) 〈東海道五十三次〉
平岩弓枝 はやぶさ新八御用旅(二) 〈中仙道六十九次〉
平岩弓枝 はやぶさ新八御用旅(三) 〈日光例幣使道の殺人〉
平岩弓枝 はやぶさ新八御用旅(四) 〈北前船の事件〉
平岩弓枝 はやぶさ新八御用旅(五) 〈諏訪の妖狐〉
平岩弓枝 はやぶさ新八御用旅(六) 〈紅花染め秘帳〉
平岩弓枝 新装版 はやぶさ新八御用帳(一) 〈大奥の恋人〉
平岩弓枝 新装版 はやぶさ新八御用帳(二) 〈江戸の海賊〉
平岩弓枝 新装版 はやぶさ新八御用帳(三) 〈又右衛門の女房〉
平岩弓枝 新装版 はやぶさ新八御用帳(四) 〈鬼勘の娘〉
平岩弓枝 新装版 はやぶさ新八御用帳(五) 〈御守殿おたき〉
平岩弓枝 新装版 はやぶさ新八御用帳(六) 〈春月の雛〉
平岩弓枝 新装版 はやぶさ新八御用帳(七) 〈寒椿の寺〉
平岩弓枝 新装版 はやぶさ新八御用帳(八) 〈春怨 根津権現〉
平岩弓枝 新装版 はやぶさ新八御用帳(九) 〈王子稲荷の女〉
平岩弓枝 新装版 はやぶさ新八御用帳(十) 〈幽霊屋敷の女〉
東野圭吾 放課後
東野圭吾 卒業
東野圭吾 学生街の殺人
東野圭吾 魔球
東野圭吾 眠りの森
東野圭吾 宿命
東野圭吾 変身
東野圭吾 天使の耳
東野圭吾 ある閉ざされた雪の山荘で
東野圭吾 同級生

# 講談社文庫　目録

藤沢周平 新装版 市塵 (上)(下)
藤沢周平 新装版 決闘の辻
藤沢周平 新装版 雪明かり
藤沢周平 義民が駆ける 〈レジェンド歴史時代小説〉
藤沢周平 喜多川歌麿女絵草紙
藤沢周平 闇の梯子
藤沢周平 長門守の陰謀
古井由吉 この道
藤田宜永 樹下の想い
藤田宜永 女系の総督
藤田宜永 女系の教科書
藤田宜永 血の弔旗
藤田宜永 大雪物語
藤 水名子 紅嵐記 (上)(中)(下)
藤原伊織 テロリストのパラソル
藤本ひとみ 新・三銃士 少年編・青年編 〈ダルタニャンとミラディ〉
藤本ひとみ 皇妃エリザベート
藤本ひとみ 失楽園のイヴ
藤本ひとみ 密室を開ける手

藤本ひとみ 数学者の夏
藤本ひとみ 死にふさわしい罪
福井晴敏 亡国のイージス (上)(下)
福井晴敏 終戦のローレライ I〜IV
藤原緋沙子 遠花火 〈見届け人秋月伊織事件帖〉
藤原緋沙子 春《はる》疾《はや》風《て》 〈見届け人秋月伊織事件帖〉
藤原緋沙子 暖《ぬくめ》鳥《どり》 〈見届け人秋月伊織事件帖〉
藤原緋沙子 霧の路《みち》 〈見届け人秋月伊織事件帖〉
藤原緋沙子 鳴《なる》子《こ》守《もり》 〈見届け人秋月伊織事件帖〉
藤原緋沙子 夏ほたる 〈見届け人秋月伊織事件帖〉
藤原緋沙子 笛吹川 〈見届け人秋月伊織事件帖〉
藤原緋沙子 青《せい》嵐《らん》 〈見届け人秋月伊織事件帖〉
椹野道流 亡羊の嘆 〈鬼籍通覧〉
椹野道流 新装版 暁天の星 〈鬼籍通覧〉
椹野道流 新装版 無《む》明《みょう》の闇 〈鬼籍通覧〉
椹野道流 新装版 壺《こ》中《ちゅう》の天 〈鬼籍通覧〉
椹野道流 新装版 隻《せき》手《しゅ》の声 〈鬼籍通覧〉
椹野道流 新装版 禅《ぜん》定《じょう》の弓 〈鬼籍通覧〉
椹野道流 池《ち》魚《ぎょ》の殃《わざわい》 〈鬼籍通覧〉

椹野道流 南《なん》柯《か》の夢 〈鬼籍通覧〉
深水黎一郎 ミステリー・アリーナ
深水黎一郎 マルチエンディング・ミステリー
藤谷 治 花や今宵の
古市憲寿 働き方は「自分」で決める
船瀬俊介 かんたん「1日1食」!! 〈万病が治る! 20歳若返る!〉
藤野可織 ピエタとトランジ
古野まほろ 身元不明《ジェーン・ドウ》 〈特殊殺人対策官 箱崎ひかり〉
古野まほろ 陰陽少女
古野まほろ 陰陽少女 〈妖刀村正《むらまさ》殺人事件〉
古野まほろ 禁じられたジュリエット
藤崎 翔 時間を止めてみたんだが
藤井邦夫 大江戸閻《えん》魔《ま》帳《ちょう》
藤井邦夫 三つの顔 〈大江戸閻魔帳(二)〉
藤井邦夫 渡世人 〈大江戸閻魔帳(三)〉
藤井邦夫 笑う女 〈大江戸閻魔帳(四)〉
藤井邦夫 罰《ばち》当《あた》り 〈大江戸閻魔帳(五)〉
藤井邦夫 福の神 〈大江戸閻魔帳(六)〉
藤井邦夫 野暮天 〈大江戸閻魔帳(七)〉

舞城王太郎　畏《おそ》れ入谷《いりや》の彼女の柘榴《ざくろ》
舞城王太郎　短　篇　七　芒　星
真山　仁　虚　像　の　砦
真山　仁　新装版　ハゲタカ(上)(下)
真山　仁　新装版　ハゲタカII(上)(下)
真山　仁　レッドゾーン(上)(下)
真山　仁　グ　リ　ー　ド〈ハゲタカIV〉(上)(下)
真山　仁　ハ　ー　デ　ィ〈ハゲタカ2・5〉(上)(下)
真山　仁　ス　パ　イ　ラ　ル〈ハゲタカ4・5〉
真山　仁　シンドローム〈ハゲタカ5〉(上)(下)
真山　仁　そして、星の輝く夜がくる
真梨幸子　孤《こ》虫《ちゅう》症《しょう》
真梨幸子　深く深く、砂に埋めて
真梨幸子　女　と　も　だ　ち
真梨幸子　えんじ色心中
真梨幸子　カンタベリー・テイルズ
真梨幸子　イヤミス短篇集
真梨幸子　人　生　相　談。
真梨幸子　私が失敗した理由は
真梨幸子　三　匹　の　子　豚
真梨幸子　ま　り　も　日　記
真梨幸子　さっちゃんは、なぜ死んだのか?
松本裕士　兄　弟〈追憶のhide〉
円居　挽　原作　福本伸行　カイジ　ファイナルゲーム　小説版
松岡圭祐　探　偵　の　探　偵
松岡圭祐　探偵の探偵II
松岡圭祐　探偵の探偵III
松岡圭祐　探偵の探偵IV
松岡圭祐　水　鏡　推　理
松岡圭祐　水　鏡　推　理II〈インパクトファクター〉
松岡圭祐　水　鏡　推　理III〈パレイドリア・フェイス〉
松岡圭祐　水　鏡　推　理IV〈アノマリー〉
松岡圭祐　水　鏡　推　理V〈ニュークリアフュージョン〉
松岡圭祐　水　鏡　推　理VI〈クロノスタシス〉
松岡圭祐　探偵の鑑定I
松岡圭祐　探偵の鑑定II
松岡圭祐　万能鑑定士Qの最終巻〈ムンクの〈叫び〉〉
松岡圭祐　黄砂の籠城(上)(下)
松岡圭祐　シャーロック・ホームズ対伊藤博文
松岡圭祐　八月十五日に吹く風
松岡圭祐　生きている理由
松岡圭祐　黄　砂　の　進　撃
松岡圭祐　瑕　疵《かし》　借　り
松原　始　カラスの教科書
益田ミリ　五年前の忘れ物
益田ミリ　お　茶　の　時　間
マキタスポーツ　一億総ツッコミ時代〈決定版〉
丸山ゴンザレス　ダークツーリスト〈世界の混沌《カオス》を歩く〉
松田賢弥　したたか　総理大臣・菅義偉の野望と人生
真下みこと　#柚莉愛《ゆりあ》とかくれんぼ
真下みこと　あさひは失敗しない
松野大介　インフォデミック〈コロナ情報氾濫〉
松居大悟　ま　た　ね　家　族
前川　裕　逸　脱　刑　事
前川　裕　公　務　執　行　の　罠〈逸脱刑事〉
前川　裕　感　情　麻　痺　学　院
柾木政宗　NO推理、NO探偵?〈謎、解いてます!〉

2025年3月14日現在